THE AWAKENING

觉 醒

（美）凯特·肖邦——著

王骁双 张爽 戴婧——译

凯特·肖邦

哀愁、新生与死亡

——凯特·肖邦笔下的女性觉醒

在小说《觉醒》中，女主角蓬特利尔夫人的形象十分轻盈美丽，像一个纸页上的梦，这并不是说作者凯特·肖邦没有完成一个复杂立体人物的构造。作为读者，我们总是习惯在虚构的故事中寻找真实的痕迹，而蓬特利尔夫人的真实性源于一种常见的文学形象——不安于现状的妻子们。

起初，她并不知道自己想要什么，或者说，一个女人应该想要什么，常常是自婴儿起就被安排好了的。她嫁给了一个懵懂的丈夫，丈夫自以为爱她，"他妻子是他生存的唯一目标"，而她与青年罗伯特日日相处，渐生默契。婚姻中的小妇人开始将目光投向外部世界，她的目光，如文中所形容，是"坦率"的，这是蓬特利尔夫人内心世界的一个窗口。作者并未浓墨重彩地描写这段婚外情的坎坷和纠结，女主角也不曾向读者掩饰她的内心，她的爱情始终袒露着。在夫妻之间一次小小的口角之后，她感到难以忍受的压抑，这种压抑与白日悠游的明朗产生对照，即便不太熟悉她的读者也能感受到这压抑从何而来。丈夫的钝感，理解的缺失，自以为是的关心，这一切在她与罗伯特相处之后，渐渐变得难以忍受。

作者始终使用一种轻盈的笔调来描绘女主角的痛苦和迷茫，如同笼罩着一层薄纱。在这种轻软的笔调下，蓬特利尔夫人的内心世界随着外部生活的画卷一道展开，别人都称赞她嫁了一个贴心的丈夫，即便是返城工作的时候，也不忘给她寄回水果和蛋糕，她也不得不附和别人的夸赞，承认自己的幸运。然而，没人知道这些礼物是丈夫指责她不是一个合格的母亲之后的道歉和补偿，也没人看见她深夜流下的眼泪。

即便如此，蓬特利尔夫人的忧愁依然是淡淡的、无名的、轻飘飘落不到实处的，类似于杜丽娘游园时的春愁。关于青春、关于爱情、关于短暂的此生与没有尽头的婚姻，时时刻刻萦绕在她的脑海里而难以诉之于口。在她跟前，站着一个活生生的年轻人，用探寻的目光望着她，但是两个人都知道这答案必定会带来痛苦，于是罗伯特决定离开。

罗伯特的离开是这部小说的第一个小高潮。文学作品中的女性反抗以爱情的觉醒为标志，因为束缚她们的首先是传统婚姻和礼法，反抗的萌芽也是由此开始。作者用淡彩的笔调描述夏日海岛的生活，像一幅徐徐展开的乡村画卷。读者对蓬特利尔夫人的印象宛如哈代笔下的苔丝，是"入得画儿的乡村姑娘"，只不过蓬特利尔夫人是一位南方贵妇，她从未离开过她所成长的那个阶层的温柔乡，这种生活充满了传统的刻板和虚伪。在迷茫中，她尚且怀着希望；当她清醒过来，面对现实，迎接她的却是死亡。

爱情的迷茫和痛苦使她开始思考自己在宇宙间所处的位置。爱情是飘忽不定、难以捉摸的。大海壮阔的风景使她忆起童年，童年时曾有过的宗教冲动、在无边无际的空间中渐渐走失的感受，以及少女时期对几个男人的迷恋，可惜那种迷恋只不过是落不到实处的幻想。直到结婚为止她都未曾真正爱过，她对丈夫只有一种自以为的喜爱之情，这种感情足以建立婚姻，却不足以度过一生。

在稳定而无聊的婚姻生活中，她感到一种无依无凭的飘荡之感，如同在大海中她怎么也学不会游泳。游泳在这本书里既是一条叙事的线索，也有某种隐喻的意味，暗指蓬特利尔夫人的迷失与无所适从，因此，当她在水中学会了控制自己的四肢，划动起来，成功地漂浮在海面时，"她感到一阵狂喜，就像得到了什么重要的力量，让她能掌控自己的身体和灵魂"，在如大海般无边无际的迷茫之中，她不再感到恐惧了。随着爱情的渐渐觉醒，新的自我凸显出来，罗伯特因为意识到两人之间爱情的存在而选择离开，蓬特利尔夫人的假期也结束了。

回到城里的家中，家庭生活回归固定的节奏，日复一日，一成不变。蓬特利尔夫人仅仅只是改变宴客的日期，都会令她的丈夫大惊失色，他并不知道也无法理解她身上发生的变化，他只关心家庭的社交生活和自己的社会地位，这令她感到窒息。为了排遣愁情，画画成为蓬特利尔夫人新的精神寄托。到此为止，作品的叙事情调依然是清新而哀愁的，蓬特利尔夫人的内心一直在思索，何为生命的狂喜？何为最深刻的快乐和悲伤？她不再像小孩子那样发脾气，那样显得她太糊涂、太脆弱了，她过上了一种跟着感觉走的生活。

她画画，却又时常觉得画画无聊，一切都无聊，人活着不过是像爬向死亡的昆虫，苦闷没有出口。她去朋友家听琴，去罗伯特母亲的家，遇到新的情人，这些情景和新的际遇无不挑动着她的心绪。她要离开，不然这故事没办法再讲下去。她离开了丈夫的大房子，自己另租了一套小小的公寓，开始拥有自己的房间。

她始终有着一种近乎愉快的坚强，轻巧地做出重大的决定。搬家前她甚至组织了盛大的晚宴，庆贺新生，告别自己熟悉无比的上流社会生活。搬进小公寓后，她的生活水平虽然下降了，但换来的却是灵魂的自由。这种自由在今人眼中看来并不新鲜，"出走的妻子"已经是一个老套的故事情节，但是在当年，这本书为作者引来巨大的争议。以当时人们的观念，书写堕落并不是问题，问题在于作者的态度，将婚外情的过程描述为个人意识的觉醒，在时人看来几乎是大逆不道。而以现在的眼光来看，又似乎过于软弱和保守了。

如今，我们对于婚姻和女性生活的反思已经非常深刻，蓬特利尔夫人远远算不上先锋，但是别忘了作者所处的年代，凯特·肖邦笔下的女主角处在一片茫茫大海中央，而其他女性都还在水面之下。早期女性主义作品的重新面世，令我们看到文学中的女性如何开始反思和反抗，看见最初的小小火苗。如前所述，蓬特利尔夫人是多愁、美丽而纤巧的，甚至她的出走也是和平而顺利的，没有与她的家庭发生直接而剧烈的冲突，从这个角度来说，她的形象是软弱的，而与她的时代相比，她又是先锋的。作者避开了最尖锐的生存问题，让她的女主角可以卖画为生，这是一种梦幻般的女性生活，如伍尔夫所说的，有钱，有自己的房间。即便从家庭中出走，她也未曾面临实际的经济困境，依然有仆人照顾，有朋友往来，困扰她的问题无非是自然与道德之辩，生活对她最残酷的部分依然落在爱情上——罗伯特归来后又离去了。

　　起于爱情而终于爱情，她躲避了丈夫、孩子，情人也在躲避她。道德没有赢，然而自然最终也输掉了。世界上再也没有理解她的人。凯特·肖邦塑造了一个炽烈与柔弱、坚定与迷茫并存的女性人物，她曾经充满希望地觉醒，转眼又投入绝望的大海。无边无际，是作者反复应用的一个空间意象，童年时的草坪、成年时的大海，象征着女主人公永远走不出去的生活。她曾经努力争取过一扇天窗，获得短暂的光亮，在还未来得及真正理解自己是谁，以及生活的本质之前，便陨落了。这个故事讲完了，又没有真正讲完，受困于传统婚姻中的女性出走之后会怎样，死亡不应是最终的答案。

辽京

出版有小说集《新婚之夜》《有人跳舞》，长篇小说《晚婚》

2023 年 11 月 22 日

作者小传：

凯特·肖邦

凯特·肖邦(Kate Chopin)，1850年出生于密苏里州圣路易斯，原名凯特·奥弗拉赫蒂(Kate O'Flaherty)。其父亲托马斯·奥弗拉赫蒂(Thomas O'Flaherty)是爱尔兰人，擅长经商。其母亲伊丽莎(Eliza)是法裔加拿大人的后裔，是托马斯的第二任妻子。两人一共生了5个孩子，凯特排行第三。她的姐妹们在婴儿时期就夭亡了，她的兄弟们（她父亲的第一次婚姻所生）20左右的年纪就去世了。她是家里唯一一个活过25岁的孩子。

1855年，五岁半的凯特被送到圣心学院——一所位于圣路易斯的天主教寄宿学校。同年，她的父亲在一场火车事故中死亡。接下来的2年里，凯特和母亲、祖母、曾祖母一起住在家里，几位女性长辈都年轻守寡、从未再婚，

i

这似乎是凯特家女性的命运。

在家的 2 年时间,凯特的曾祖母维多利亚·维登·查尔维尔(Victoria Verdon Charleville)负责她的教育,教她法语、音乐,当然也谈论以前圣路易斯妇女的八卦。凯特身边都是聪明、独立的单身女性。她们精明能干、不守常规,这种品质代代相传。维多利亚的母亲是圣路易斯第一个与丈夫合法分居的女性,此后,她将5个孩子抚养长大,还在密西西比河上经营着一家航运公司。在凯特16岁以前,虽然家里到处都是兄弟、叔伯、表亲,以及寄宿的男性,但这里没有任何一对已婚夫妇。

2 年后,凯特回到了圣心学院。她成绩优异,获得了不少奖牌,是玛丽儿童协会的精英成员,而且是1868年毕业典礼上的演讲人。

在学校里,凯特结识了最好的朋友凯蒂·加雷什(Kitty Garesche)。凯蒂的家人是奴隶主,支持南方,而圣路易斯是一座亲北方的城市。美国内战期间,凯蒂被迫搬离圣路易斯,战后才回来。两个人的友谊一直持续到毕业。1887 年,凯蒂和圣心学院的同学一起在旧金山开设了圣心高中修道院。

1863 年,凯特的祖母在圣诞节前三天去世。同年,凯蒂被迫离开圣路易斯。凯特同父异母的弟弟乔治,在狂欢节那天死于伤寒。8 年前,凯特的父亲在万圣节去世。种种变故让凯特对宗教产生了强烈的怀疑。

1870 年,20 岁的凯特嫁给了 25 岁的奥斯卡·肖邦(Oscar Chopin)。奥斯卡·肖邦是路易斯安那州一个富裕的棉花种植家庭的儿子。他和凯特一样拥有法国天主教徒的背景。据称奥斯卡非常崇拜他的妻子,钦佩她的独立和智慧。

婚后，肖邦夫妇住在奥斯卡的家乡新奥尔良。凯特在那里生了5个男孩和2个女孩，这时她还不到28岁。奥斯卡算不上一个很有能力的商人。1879年，奥斯卡的棉花经济业务失败。一家人被迫搬到了路易斯安那州一个小教区，纳契托什教区南部的克卢蒂耶维。当地的克里奥尔文化为凯特提供了许多之后写作的素材。

1882年，奥斯卡死于沼泽热，给凯特留下42000美元（相当于2023年的127万美元）的债务。凯特接管奥斯卡的小种植园和杂货店业务，经营了一年多。

1884年，应母亲的恳求，凯特卖掉房子，搬回家与母亲住在一起。不幸的是，第二年母亲伊丽莎就去世了，凯特再次独自一人带着孩子们生活。

在接连失去丈夫、产业和母亲后，凯特抑郁了。肖邦的医生兼朋友弗雷德里克·科尔本海尔（Dr. Frederick Kolbenheyer）建议她开始写作，一来消耗精力，二来可以赚点钱。

她的第一部小说《咎》于1890年出版。随后，凯特又出版了两本短篇小说集：1894年的《河口民俗》和1897年的《阿卡迪亚之夜》。她在文学杂志上发表了一百多篇故事、散文，内容多为民间故事、南方生活，成为当地以擅写地方风俗出名的女性作者。

1899年，凯特·肖邦的第二部小说《觉醒》出版。这本书的内容和信息引起轩然大波，以往的声誉变为恶名。评论家认为，小说中人物的行为，尤其是女性性行为、母性和婚姻不忠等内容，与当时社会公认的道德行为标准相冲突。因此，凯特也被圣路易斯艺术俱乐部拒之门外。

这本书的反响也让凯特深受伤害。在她生命剩余的5年里，只写

了几篇短篇小说，其中只有一小部分出版。就跟《觉醒》中的埃德娜一样，她也为藐视社会规则付出了代价。

美国文学学者拉泽·齐夫（Lazar Ziff）认为，凯特"了解到她的社会不会容忍她的质疑。新世纪来临时，她痛苦地沉默，这对美国文学的损失，就像克莱恩和诺里斯的早逝一样。20世纪开始时她还活着，但面对不确定的黎明，她被一个充满恐惧的社会打得哑口无言"。

在阅读《觉醒》时，请记住这是一部艺术作品，"一个关于年轻女子努力实现自我和她的艺术能力的故事"（美国作家琳达·胡夫语），并记住凯特·肖邦和埃德娜都在追求艺术的认可。1904年8月22日，凯特·肖邦因脑溢血去世，这一追求突然而沮丧地结束了。

（根据尼尔·怀亚特（Neal Wyatt）《凯特·肖邦传》(Biography of Kate Chopin) 内容改编整理）

参考资料：

尼尔·怀亚特（Neal Wyatt）：《凯特·肖邦传》(Biography of Kate Chopin)

艾米丽·托特（Emily Toth）：《凯特·肖邦》(Kate Chopin)

玛丽·帕克（Mary Papke）：《濒临深渊》(Verging on the Abyss)

佩尔·塞耶斯泰德（Per Seyersted）：《凯特·肖邦：批判传记》(Kate Chopin: A Critical Biography)

目录
Contents

- 第一章　　　　　　　　　　/ 1
- 第二章　　　　　　　　　　/ 5
- 第三章　　　　　　　　　　/ 8
- 第四章　　　　　　　　　　/ 12
- 第五章　　　　　　　　　　/ 16
- 第六章　　　　　　　　　　/ 21
- 第七章　　　　　　　　　　/ 23
- 第八章　　　　　　　　　　/ 32
- 第九章　　　　　　　　　　/ 38
- 第十章　　　　　　　　　　/ 44
- 第十一章　　　　　　　　　/ 50
- 第十二章　　　　　　　　　/ 53
- 第十三章　　　　　　　　　/ 58
- 第十四章　　　　　　　　　/ 64
- 第十五章　　　　　　　　　/ 67
- 第十六章　　　　　　　　　/ 74
- 第十七章　　　　　　　　　/ 80
- 第十八章　　　　　　　　　/ 86

- 第十九章　　　　　　　　/ 91
- 第二十章　　　　　　　　/ 94
- 第二十一章　　　　　　　/ 99
- 第二十二章　　　　　　　/ 104
- 第二十三章　　　　　　　/ 109
- 第二十四章　　　　　　　/ 115
- 第二十五章　　　　　　　/ 119
- 第二十六章　　　　　　　/ 126
- 第二十七章　　　　　　　/ 133
- 第二十八章　　　　　　　/ 136
- 第二十九章　　　　　　　/ 137
- 第三十章　　　　　　　　/ 141
- 第三十一章　　　　　　　/ 149
- 第三十二章　　　　　　　/ 152
- 第三十三章　　　　　　　/ 156
- 第三十四章　　　　　　　/ 164
- 第三十五章　　　　　　　/ 169
- 第三十六章　　　　　　　/ 172
- 第三十七章　　　　　　　/ 178
- 第三十八章　　　　　　　/ 181
- 第三十九章　　　　　　　/ 185

第一章

门外,一只黄绿相间的鹦鹉在笼中不停地叫唤:"走开!走开!该死的!不客气!①"

它会说一点西班牙语,还有一种谁也不懂的鸟语,只有被拴在门另一侧的嘲鸫才听得明白。这只嘲鸫现如今也正迎风展喉,那无休无止的啾啾之声着实令人抓狂。

蓬特利尔先生完全没法好好看报了,他满脸不耐烦的样子,一边嫌恶地嘟囔着,一边站起身来,穿过门廊,沿着勒布伦度假小别墅间狭窄的"廊桥"走了。他原本坐在

---

① 原文为法文。本文的大背景设在19世纪末的路易斯安那州,那里原是法属殖民地,到19世纪末为止,很多当地人都还说法语,有一部分人也说西班牙语。所以,这只鹦鹉才会使用混杂着法语和英语的口音,并且还会"说一点西班牙语"。

主楼门前,鹦鹉和嘲鸫是勒布伦太太养的,所以有权随心所欲地制造噪音,可要是蓬特利尔先生觉得它们不好玩了,也有权随时退出这个小圈子。

他停在自己的度假小别墅门前,这座小别墅从主楼数过来是第四座,倒数是第二座。蓬特利尔先生坐在门口放着的藤摇椅上,接着看报纸。这天是周日,当天的报纸还没送抵格兰德岛,他手上这张是一天前的,上面的市场报道他早就熟稔于胸了,此时正随手翻看着昨天离开新奥尔良时来不及读的几篇社论和零星新闻。

蓬特利尔先生年逾四十,戴着眼镜,中等个子,体态修长,稍微有点驼背。他棕色的直发齐齐地梳向一边,胡子剃得短短的,干净又整洁。

他一边看报,一边不时抬眼环顾四周。大宅那儿比刚才还要吵(主楼又被称作大宅,以区别于一旁的小别墅)。聒噪的鸟鸣依旧不绝于耳。法瑞尔家的双胞胎小姐妹在弹钢琴二重奏,曲子出自歌剧《扎姆帕》[①]。勒布伦太太忙里忙外,出来进去时总要大呼小叫地指挥院里的帮工男孩和餐厅里的佣人们干活。她是个精神、漂亮的女人,总穿一身白色中袖长裙,来来去去之间,那浆洗过的硬挺裙摆便会泛起褶皱。更远处的一座小别墅前,一位黑衣妇人端庄地来回踱步,手中拨弄着念珠。旅馆里的很多人都坐着比尔德莱特的小帆船到切尼尔·

[①] 《扎姆帕》:歌剧,法国作曲家海洛德(Herold,1791—1833)的代表作,讲述了一个女孩子被海盗掳走,强行举行婚礼,婚礼后成功逃出,和未婚夫结合的故事。

卡米纳达岛①上听弥撒去了。几个小孩儿聚在水栎树下打槌球,蓬特利尔先生的两个孩子也在那儿——一个四岁大,一个五岁大,都长得很壮实。混血保姆②心不在焉地跟在他们身后。

最后,蓬特利尔先生点上一支雪茄抽了起来,任报纸从手中悠悠滑落。他的视线定格在从海边缓缓靠近的一柄白色阳伞上,越过蔓延的黄色柑橘,在水栎树枯瘦枝干的掩映下,这把伞清晰地映入他的眼帘。海湾遥遥伸展,朦朦胧胧地融进水天交界处那一片蔚蓝里。阳伞缓缓靠近,粉色的内衬下是蓬特利尔太太和年轻的罗伯特·勒布伦。他俩一到小别墅,便在门廊的上层台阶上面对面坐了下来,双双脸带倦意,各自倚靠着一个门柱。

"真傻!这么大的太阳还去游泳!"蓬特利尔先生叫道。他自己拂晓时分就去游了一圈儿,正因如此,上午的时光对他来说才显得格外漫长。

"你晒得都要认不出来了。"他边说边打量妻子,就像在掂量一件贵重的私有财产遭到了怎样的损害。她抬起结实而匀称的双手,仔细瞧了瞧,把上等细麻料的袖子拉到腕口。这让她想起了自己的戒指,去海边前,她把它们交给了她丈夫。她默默地向他伸出手来,他马上心领神会,从背心口袋里掏出戒指,放进她的手心。她将戒指一一戴好,然后双手环抱着膝盖,朝对面的罗伯特看了一眼,笑了起来。戒指在她指尖闪闪发亮。罗伯特意会地笑笑。

---

① 切尼尔·卡米纳达岛(Cheniere Caminada):位于格兰德岛和路易斯安那州之间的一个小岛。
② 混血保姆:这里指有四分之一黑人血统的保姆。

"笑什么呢?"蓬特利尔先生懒懒地打量着两人,好奇地问道。两人异口同声地说起刚才在海中的奇遇,那不是什么大不了的事,说出来似乎就没那么好笑了。他俩意识到了这点,蓬特利尔先生也发现了。他打了个呵欠,伸伸懒腰,站起身来,说有点想去克莱因旅馆打桌球。

"勒布伦,一起来吧。"他对罗伯特说。但罗伯特坦言自己更想待在原地,和蓬特利尔太太聊聊天。

"好吧,埃德娜,要是觉得他烦,就把他打发走。"蓬特利尔先生起身离开时告诉妻子。

"哎,带上伞啊。"她边喊边把伞递了过去。他接过洋伞举起来,下楼离开了。

"回来吃晚饭吗?"妻子在他身后问道。他顿了一顿,耸耸肩,又摸了摸背心口袋,那里有张十美元的钞票。也许他会早早回来吃晚餐,也许不会;他也不知道究竟会怎样。这取决于他在克莱因旅馆遇到的同伴,以及"游戏"的大小[①]。他什么也没说,但她已经明白了,还笑着向他点头作别。

看到父亲起身离开,他的两个孩子都想跟过去。他吻了吻孩子们,保证给他们带糖和花生回来。

[①] "游戏"的大小:"游戏"即桌球,"游戏"的大小指的是桌球的轮数。

第二章

蓬特利尔太太的双眼灵活明亮，呈金棕色，与她的发色相近。她有个本事，能将流转的秋波迅速投向某处，然后定定地凝望着，就像是沉浸在思想的迷宫中不能自拔一样。

她的眉毛浓密而平直，颜色比发色略深，将她的眼神衬托得益发深邃。与其说她貌美，不如说是端丽。她的面容独具魅力，既带着坦率的表情，又融合了某种与之相反的微妙特质，举止优雅，风度翩翩。

罗伯特卷了根香烟，他说他买不起雪茄，所以只好抽香烟。他的口袋里放着一支蓬特利尔先生给的雪茄，他想留到晚饭后再抽。

这对他来讲是自然而然的事情。他的肤色与蓬特利尔太太相近，因为胡子刮得干干净净，这种相似性显得尤为明显。他坦率的面孔上没有一丝忧郁的影子，眼睛在夏日阳光的照耀下略显倦怠。

蓬特利尔太太伸手拿过门廊上的棕榈扇，扇起风来，罗伯特则吞吐着阵阵青烟。两人不停地聊着天，聊着他们周围的事物，说起他俩在海中的奇妙历险——它又变得有趣起来了；谈论着风、树木和到切尼尔岛上做礼拜的人们，还有水枥树下打槌球的孩子，又说到法瑞尔家的双胞胎，她们这会儿正在弹《诗人与农夫》①的序曲。

罗伯特讲了很多自己的经历。他还很年轻，不能洞悉世情。基于同样的理由，蓬特利尔太太也谈了些自己的往事。两人都对对方的话题很感兴趣。罗伯特说他打算今年秋天去墨西哥挣大钱。他一直打算要去墨西哥，但总是去不成，结果一直在新奥尔良的一家商行里做小职员，因为通晓英语、法语和西班牙语，秘书和联络员的职位正好让他一展所长。

现在，他像往常一样，和母亲在格兰德岛度暑假。过去，在罗伯特记事之前，大宅曾是勒布伦家的避暑胜地。现如今，大宅两旁建起了十来座小别墅，里面住满了来自"新奥尔良法区"的贵客们，使得勒布伦太太能继续过她悠闲舒适的小日子，这对她来说是与生俱来的权利。

蓬特利尔太太说起她父亲在密西西比州的种植园，还有古老的肯

---

① 《诗人与农夫》：奥地利作曲家、指挥家弗朗兹·冯·苏佩所作的三幕歌剧。

塔基蓝草县①里她少女时代的家。她是美国人,身上只残留着很少的法国血统,但似乎已经在代代相传的过程中消失殆尽了。她读了一封妹妹的来信,她的妹妹远在东部,已经订婚了。罗伯特很感兴趣,向她问起她的姐妹们是怎样的女孩,父亲什么样子,母亲去世了多久。

蓬特利尔太太将信折起时,已经是晚饭时分了。"依我看莱昂斯不会回来了。"她望着丈夫离开的方向说道。罗伯特表示赞同,因为克莱因旅馆里有不少新奥尔良俱乐部的成员。

蓬特利尔太太与罗伯特告别,起身进了房间。于是,这位年轻人便步下台阶,向打槌球的孩子们走去,还有半小时才开饭,这期间,他可以和蓬特利尔家的孩子们一起玩耍,他们都很喜欢他。

---

① 肯塔基蓝草县:肯塔基州有世界著名的赛马和威士忌酒,优良品种的赛马饲养在牧草丰美的蓝草县。

第三章

蓬特利尔先生从克莱因旅馆回来时,已经是深夜十一点了。他心情很好,兴致高昂地说个不停。蓬特利尔太太本来已经睡熟了,他进屋时的响动弄醒了她。他一边脱衣服,一边跟她讲他白天听到的一些趣闻、消息和流言蜚语,还从裤子口袋里掏出一把皱巴巴的钞票和一堆银币,将它们和钥匙、小刀、手帕等口袋中的杂物一起堆到衣柜上。埃德娜睡眼惺忪,有一搭没一搭地回应他。

蓬特利尔先生觉得很扫兴,他妻子是他生存的唯一目标,却对他关心的事情兴趣缺缺,也不把他说的话当回事。

蓬特利尔先生忘了给儿子们带糖果和花生。不过不管怎样,他都深爱着他们,于是他走进隔壁孩子们的卧室里想看看小家伙们怎么样,确保他们睡得舒舒服服的。一番查看之后，他很不满意，开始摆弄睡梦中的孩子，给他们翻身摆正姿势。其中一个孩子蹬起了小腿，喃喃吃语，嘟囔着满满一篮子螃蟹什么的。

蓬特利尔先生回到妻子身边，告诉她说拉乌尔发高烧了，需要照顾。然后自己点上一支雪茄，走了出去，坐在敞开的大门边抽了起来。

蓬特利尔太太非常肯定拉乌尔没有发烧，说他上床睡觉时还好好的，一天都没病没痛的。蓬特利尔先生则说，他太熟悉发烧的症状了，绝不会弄错，还跟她保证孩子这会儿在隔壁房间里病得要死了。

他责备妻子太大意，总是忽略孩子。如果照顾小孩不是母亲的责任，还能是谁的责任呢？他自己忙于经纪人的工作，分身乏术，不可能一边在城里为了家庭生计奔波，一边待在家里照看家人，确保他们毫发无损。他就这样语调平板地念叨着，没完没了。

蓬特利尔太太跳下床去，冲到隔壁房间，很快又回到卧室，坐在床沿，把头埋在枕头里。她一言不发，丈夫问话也一字不答。蓬特利尔先生抽完了雪茄就上床休息了，半分钟不到就睡得死死的。

蓬特利尔太太这时已经完全清醒了。她哭了一小会儿，拉起睡衣袖子擦擦眼睛，吹灭了丈夫忘记熄掉的蜡烛，然后将赤裸的双脚伸进放在床脚的绸缎拖鞋里，走到门廊上，坐在藤椅里轻轻地前后摇晃。

彼时已过午夜。所有的度假小别墅都黑漆漆的，只有大宅的玄关处还有些微光亮，屋外万籁俱寂，只能听到从水栎树顶传来的老猫头鹰的呜咽声，还有那永不止歇的海浪声，现在还没有涨潮，水声就如哀伤的摇篮曲般回荡在夜色之中。

蓬特利尔太太的眼泪汹涌而至，湿漉漉的睡衣袖子怎么也擦不干它们。她一手抓着藤椅的椅背,一手抬起来,松垮的衣袖几乎滑落到肩膀。她扭头把沾满泪水的脸用力埋入臂弯,大哭起来,脸上、眼睛和手臂上都是眼泪,她擦也不擦,她已经不在意这些了。她不知道自己为何哭泣,像刚才那样的经历在她的婚姻生活中并不少见。以前,只要一想到丈夫的柔情蜜意,以及他对家庭一如既往的默默付出,这些事就会变得无足轻重,然而今时却已不同往日。

一种无法言喻的压抑感从她意识中某个陌生的地方生出,使她整个人都沉浸在隐隐痛苦之中。就像一片阴影,抑或一阵迷雾,遮蔽了她如夏日般明朗的心。那是一种奇异而陌生的心情。她并非坐在那里暗暗谴责丈夫,或者抱怨命运的不公,令她走错了路。她只是在为自己好好哭一场。蚊子叮咬着她丰满圆润的手臂和赤裸的脚背,似乎在嘲笑她。

若非那些嗡嗡作响、不停叮咬她的小淘气们驱散了她的哀愁,她可能会在黑暗中坐上一整夜。

第二天早晨,蓬特利尔先生准时从床上爬起来,以便能赶上四轮轻便马车,乘着马车到码头去坐汽船。他要返城工作,直到周六才会再回到岛上来。虽然昨夜有些不冷静,但此刻他已经恢复了沉着。他很期待卡龙德莱特街①充满活力的一周生活,因此急欲离开。

蓬特利尔先生昨天在克莱因旅馆赢了钱,他把其中一半交给妻子。她像大多数女人一样爱钱,高高兴兴地接受了。

"这笔钱够给珍妮特妹妹买个不错的结婚礼物呢!"她一边惊叹,一边数起钞票来,并将它们一一抚平。

---

① 卡龙德莱特街:新奥尔良著名街道,19世纪新奥尔良著名棉花交易中心。

"哦！亲爱的，我们要给珍妮特妹妹挑个更值钱的。"他正准备跟她吻别，听到这话大笑起来。

孩子们上蹿下跳，抱着他的大腿，恳求他带各种东西回来。蓬特利尔先生很有人缘，太太们、先生们、孩子们，甚至连保姆们都常常会跑来跟他道别。他的妻子微笑着向他挥手告别，孩子们高声呼喊着，在一片喧闹声中，他乘坐的老旧马车驶过沙子铺就的路面，消失在人们的视线之外。

几天后，蓬特利尔太太收到一个从新奥尔良寄来的包裹。那是她丈夫寄来的，里面装满了甘美的花色小蛋糕、上好的水果、馅饼、一两瓶可口的糖浆，还有一大堆小糖果。

蓬特利尔太太出门在外时常常收到这样的礼物，已经习以为常了，每回收到礼物，她总是大方地和大家分享。她把馅饼和水果放到餐厅，将小糖果分给大家。女士们伸出她们秀丽而挑剔的手指，贪婪地挑选糖果，所有人都说蓬特利尔先生是世上最好的丈夫。蓬特利尔太太只好承认说，她自己也没见过比他更好的丈夫了。

第四章

蓬特利尔太太照顾孩子时到底哪里不尽职,蓬特利尔先生也很难说出个所以然来。他并不是捕捉到了什么蛛丝马迹,只是隐隐有这种感觉,而每次他表达出来后,总是十分懊悔,会对妻子作出许多补偿。

如果蓬特利尔家的孩子玩耍时跌了一跤,他可不会哭着扑到妈妈怀里寻求安慰。他更有可能自己站起来,擦干眼角的泪水和嘴边的沙子,接着再玩。这两个小不点在孩子们稚气的战斗中挥着四个小拳头,提高了嗓门,团结一致,坚持到底,总能战胜那些妈妈的小心肝们。在他俩看来,混血保姆就是个大累赘,唯一的用处就是给他们系系衣扣、提提短裤、梳分头,因为梳分头似乎是一条社会通则。

简而言之，蓬特利尔太太不是个母性十足的女人。那个夏天，慈母型的妈妈们在格兰德岛上随处可见。她们很好辨认，总是围着自己的宝贝转来转去，一看到宝贝受到了伤害，不管这种伤害是实际存在的，还是只是凭空臆想的，她们都会张开臂膀，如母鸡护雏般保护孩子。她们溺爱孩子，崇拜丈夫，把抹杀自己独立的人格，变成长翅膀的救死扶伤的天使当作自己神圣的使命。

她们中很多人都非常讨人喜欢，其中有一位更是集女性所有的优雅和魅力于一身。要是她丈夫不把她捧在手心里，那他就是个畜生，活该被慢慢折磨死。她就是阿黛尔·拉蒂诺尔。只有那些时常用来形容古老爱情故事中的女主角和梦中仙女的话语，才能描绘出她的美丽。她的魅力并不在于微妙隐秘之处；她的美丽近在眼前，如火焰般显眼；无论梳子还是别针都约束不了她那头卷曲的金发；而她的双眸简直就是两颗蓝宝石；一看到她那嘟起的鲜艳欲滴的双唇，人们就会联想到樱桃或别的红艳艳的香甜水果。她稍稍有些发福，但这丝毫不影响她举手投足间的优雅，相反，倘若她白皙的脖子和漂亮的手臂再瘦一分，都会有损她的美丽。她的双手最灵巧不过了，看着她穿针引线，或将金色的顶针套在纤纤中指上，缝补孩子的睡裤，制作孩子的紧身上衣，那就是一种享受。

拉蒂诺尔太太很喜欢蓬特利尔太太，常常会在午后带着针线到她屋里坐一坐。从新奥尔良寄出的礼品盒送来那天下午她也在。她当时就坐在摇椅上，专心致志地缝两条小睡裤。

她带了睡衣的花样给蓬特利尔太太剪裁——那种款式极好，可以把小宝宝裹得严严实实，只露出两只眼睛来，就像因纽特人似的。这是冬款睡衣，可以防备那些从烟囱溜进来的阴风以及从锁眼悄悄钻进来的阵阵寒风。

蓬特利尔太太觉得,把孩子们当前需要的东西准备好就行了,从没想过要在夏天做冬天的睡衣。但她不想表现出不友好,没什么兴趣的样子,于是就拿来报纸,铺在走廊的地板上,按照拉蒂诺尔太太的指导,剪了一个不透风的衣服样子。

罗伯特也在那,就坐在他上周日坐着的地方。蓬特利尔太太也同样坐在台阶上层她的老位置,无精打采地倚着门柱。她身旁放着一盒小糖果,她时不时从中拿出几颗递给拉蒂诺尔太太。

拉蒂诺尔太太似乎不知道要挑哪颗糖好,最后要了一颗牛轧糖,一边思忖着它是不是太油腻了,会不会不健康。拉蒂诺尔太太已经结婚七年,大约每两年生一个孩子。现在,她已经有了三个孩子,并怀上了第四个。她总是在说自己的"肚子"。其实她的"肚子"一点也不明显,要不是她自己总抓住这个话题不放,都没人会注意到她怀孕了。

罗伯特再三向她保证,坚称自己认识一位女士,怀孕期间一直吃牛轧糖——但当他看到蓬特利尔太太的脸颊开始泛红时,便立刻打住,换了个话题。

虽然蓬特利尔太太嫁给了一个克里奥尔人①,但她并不能完全融入克里奥尔人的社交圈,她以前也从未与他们深交过。但是这个夏天,勒布伦家全是克里奥尔人。他们彼此熟识,就像来自同一个大家庭的成员那般关系密切。他们有个特点,让蓬特利尔太太印象特别深

---

① 克里奥尔人:这里指美国1803年购买路易斯安那州之前,就住在该州的欧洲移民的后代,主要是法国人的后代,也有西班牙人。

刻,那就是不拘小节。她一开始完全不能理解他们无所忌讳的说话风格,但却轻而易举地把这种特质和克里奥尔女人与生俱来的、毋庸置疑的高尚品德匹配起来。

埃德娜·蓬特利尔永远不会忘记,当她听到拉蒂诺尔太太向年迈的法瑞尔先生吐露其惨痛的分娩遭遇时,自己有多么吃惊,拉蒂诺尔太太甚至连私密的细节都一点不漏地说出来了。现在,在遭遇类似冲击时,她已经越来越处变不惊了,但依然忍不住要脸红。她脸上泛起的红晕不止一次打断了罗伯特要讲给一群已婚妇女听的逗乐段子。

早些时候,旅馆的人们在传看一本书。当书传到蓬特利尔太太手里时,她又大大吃了一惊。她本想要私下里独自阅读这本书,但其他人都不那么做——他们就算在读书时听到迫近的脚步声,也不会把它藏起来。他们甚至还在饭桌上公然批评和讨论这本书。蓬特利尔太太最后终于不再吃惊了,她将此总结为:大千世界,无奇不有。

第五章

那个夏日午后,意气相投的三个人坐在一起——拉蒂诺尔太太忙着做针线活,不时停下手中的活计,挥起她那完美的手,一边比划,一边绘声绘色地说个故事或小插曲;罗伯特和蓬特利尔太太懒洋洋地坐在一边,偶尔聊上几句,交换几个眼神,抑或会心一笑,这些小默契证明两人的关系更为亲密了。

过去一个月来,罗伯特都拜倒在埃德娜的石榴裙下,但是从没有人往歪处想,反而有很多人早就预见到,罗伯特一到岛上,就势必会成为蓬特利尔太太的裙下之臣。因为自打十一年前,罗伯特十五岁的那年开始,每年夏天他都会成为格兰德岛某位美丽的太太或小姐的忠实仆人,对方有时是个年轻女孩,有时是位遗孀,更多的时候则是某位有趣的已婚妇人。

他曾连续两年活在杜维妮小姐的艳光之下，但她却在第三年夏天未至时香消玉殒了。然后他又悲痛欲绝地拜倒在拉蒂诺尔太太脚下，只为寻求她纡尊降贵赐予的点滴同情和安慰。

蓬特利尔太太喜欢坐着凝视她漂亮的朋友，就像是在端详完美无缺的圣母玛利亚。

"有没有人能看透潜藏在她美丽外表下的残忍呢？"罗伯特喃喃低语道，"她知道我一度很爱慕她，就顺其自然地使唤我。'罗伯特，来一下；走吧；站一下；坐吧；做这个；做那个；看看孩子睡了没有；请把顶针拿给我，天知道我把它放哪儿了；来，趁我做针线的时候给我读读都德的文章。'"

"天哪！①我根本用不着使唤你。你就像只惹人烦的猫，总是待在我脚边。"

"你是想说我像条爱慕你的狗吧。是啊，只要拉蒂诺尔先生一出现，你就把我像狗一样赶开：'去吧！再见！快走！②'"

"可能是因为我怕阿方斯妒忌吧。"她异常天真的插嘴，让大家都笑开了。右手会妒忌左手！心灵会妒忌灵魂！她的丈夫是个克里奥尔人，从不妒忌这些风流韵事；妒忌这种腐坏的感情他早就摒弃了。与此同时，罗伯特继续向蓬特利尔太太讲起他曾对拉蒂诺尔太太抱有的无望爱恋；多少个难眠之夜，爱情的烈火使他备受煎熬，直到清晨终于来临，他一头扎进大海，而整个海洋又都因这爱火而沸腾起来。在

---

① 原文为法文。
② 原文为法文。

一旁继续做针线活的拉蒂诺尔太太时不时不屑地点评两句：

"骗子——小丑——好傻，别瞎扯了！"①

他和蓬特利尔太太独处时，从不像这样一本正经地插科打诨，她也一直不知道应该怎样去看待他说的这些话。彼时，她完全听不出他哪句是真，哪句是假。她只知道曾几何时，他常常对拉蒂诺尔太太吐露衷肠，从不担心后者会当真。蓬特利尔太太很高兴他从不这样对待自己，她可无法接受这种恼人的调情。

蓬特利尔太太带来了写生用具。她有时会画上几笔，虽然并不专业，但是乐在其中。她在绘画中得到了一种满足感，这是其他活计给不了的。

她早就想画一画拉蒂诺尔太太了，而此时，这位太太看上去尤为入画。她坐在那儿，令人赏心悦目，宛若圣母玛利亚一般，落日的余晖使她愈发光彩照人。

罗伯特走到蓬特利尔太太身旁，坐在低她一阶的台阶上，看她画画。蓬特利尔太太虽然习画不久，并不熟练，但因为天资卓越，落笔时从容不迫、挥洒自如。罗伯特专心致志地看她作画，时而用法语向拉蒂诺尔太太小声赞叹道：

"真不赖！她知道自己在做什么，她有才能。"②

他看画时，曾在不经意间把头悄悄倚到蓬特利尔太太的臂弯。她轻轻推开了。然而他又故技重施。她只能当作是他的无心之举，但也不打算因此就姑息他。她没有开口抗议，只是再次坚定地静静推开了

---

① 原文为法文。

② 原文为法文。

他。他也没有道歉。完成的画像和拉蒂诺尔太太一点儿也不像,让拉蒂诺尔太太大失所望。但画作本身还是非常漂亮的,很多地方都勾画得极有风致。

蓬特利尔太太却不以为然。她用批评的眼光审视了一会儿这张画,提笔在上面画了粗粗的一道,抬手将整张画揉成一团。

孩子们蹦蹦跳跳地跑上台阶,混血保姆跟在后面,按他们的要求与他们保持了一定的距离。蓬特利尔太太让他们把自己的画具搬进屋去。她本想把他们留下说说话,打打趣,结果他们却直奔主题。其实他俩是为了瞧瞧糖盒子里还剩点儿什么好吃的才跑回来的。他们毫无异议地接受了母亲挑给自己的糖果,把小胖手像勺子一样伸过去,徒劳地盼望两只手都能塞得满满的。拿到了糖,两人就又跑了出去。

夕阳西下,晚风南来,轻风中满载着海水诱人的味道。孩子们打扮得漂漂亮亮的,聚集到水栎树下玩耍。他们的打闹声又高亢又尖锐。

拉蒂诺尔太太收起手上的针线活,把顶针、剪刀和线卷成整齐的一卷,再用针牢牢固定好。她抱怨说自己觉得头晕晕的。蓬特利尔太太连忙跑去取来了古龙水和扇子。她把古龙水喷到拉蒂诺尔太太脸上,罗伯特在一旁卖力地不停扇风。

拉蒂诺尔太太很快就没事了,而蓬特利尔太太则忍不住怀疑,或许这头晕是源于小小的想象,因为她朋友脸颊上的红晕从未退去。

她目送美丽的拉蒂诺尔太太离去,看她走下廊桥,带着女王般优雅而高贵的气度。拉蒂诺尔太太的孩子们跑过来迎接她。两个孩子抓着她的白裙子不放。她从保姆那里接过第三个孩子,非常宝贝地抱在自己温柔的臂弯里，尽管大家都知道，医生严禁她举重物，哪怕是一根针也不行！

"去游泳吗？"罗伯特问蓬特利尔太太，这句话与其说是询问，不如说是提醒。

"哦，不，"她有些迟疑地答道，"我很累，就不去了。"她的眼神从他脸上飘向海湾，低沉而有力的海浪声从那里传来，仿佛热情而急切的邀约。

"哦，来吧！"他坚持道，"你可不能错过下海的机会。来，来。海水一定很舒服；不会对你有坏处的。来吧。"

他取下她挂在门外钉子上的粗糙的大草帽，戴在她头上。他们走下台阶，一起朝海滩而去。夕阳西下，晚风轻柔温暖。

第六章

埃德娜·蓬特利尔不清楚自己为什么想和罗伯特一起去海滩,两种互相矛盾的冲动驱使着她,她先是觉得应该拒绝,接着又想要去。

她的心里出现了一束朦胧的光——这束光为她指明了前路,却又禁止她往前迈步。

在这样的初始阶段,这束光让她迷茫,引她入梦,令她沉思,迫她再次体会那曾令她长夜痛哭的隐隐痛苦。

简而言之,蓬特利尔太太开始意识到自己作为一个人在宇宙中所处的位置,并认识到作为个体,她与周边世界以及自身有着怎样的联系。这样的智慧对于只有二十八岁的年轻女子的灵魂而言,可能太过沉重——许是因为超过了圣灵通常赐给女人的智慧。

然而处于萌芽中的事物，尤其是处于萌芽中的世界，必然是模糊而紊乱、混沌而令人尤为不安的。究竟有几人能熬过这样的开端！究竟有多少灵魂会在混乱中灭亡！

　　大海的声音充满了诱惑，它永不停歇地低吟着、喧闹着、私语着，蛊惑灵魂流连于孤独的深渊，使其在内省和沉思中迷失方向。

　　大海在向灵魂诉说。海水宜人，温柔而亲密地拥抱着人的身躯。

第七章

蓬特利尔太太不是那种会向别人吐露心声的女人,那样做有违她的天性。当她还是个孩子时,就习惯把什么事都放在心里。她很早就本能地懂得去过一种双重生活——外表柔顺驯服,内心暗暗质疑。

待在格兰德岛的那个夏天,她开始稍稍卸下心防,不再把自己藏得那么深。她之所以会如此,可能是——不,一定是那些微妙或显见的影响从诸多方面共同作用的结果;这其中最显而易见的影响来自阿黛尔·拉蒂诺尔。最先吸引她的是这位克里奥尔太太异常美丽的外表,因为埃德娜对美丽的事物极其敏感。接着,她发现阿黛尔整个人都很坦诚,这点谁都看得出来,且和她自己一贯拘谨自持的风格形成了鲜明的对比——也许,正是这种性格上的互补维系了两人的友谊。谁能说得清上帝是用哪种材料打造了人与人之间叫作共鸣（或许亦可称之为爱）的精巧纽带呢。

一天清晨，这两位太太撑着巨大的白色阳伞，手挽着手向海滩走去。埃德娜成功地说服拉蒂诺尔太太离开她的孩子，但却不能阻止她带上一小团针线，因为阿黛尔央求着要把针线放进口袋里。她俩不知用了什么办法，避开了罗伯特。

通往海滩的道路景色宜人：长长的沙子路两旁，零星错杂地长着各种花草树木，常常在不经意间跃入人们的眼帘。路两旁都有绵延数英亩的甘菊花海。更远处是许多蔬菜园子，其间还不时夹杂有橘子园或柠檬树园。深色的绿茵在远处的阳光下闪闪发亮。

她俩都身材高挑，拉蒂诺尔太太更加端庄稳重、富有女人味，而埃德娜·蓬特利尔的美则在不知不觉中展露。她的身体线条修长，匀称利落，常不经意间呈现出极美的姿态，却并不是那种刻意做出的时髦的老一套。粗心大意的观察者往往会与这位美人擦肩而过，不再多看一眼，但若其对美更敏感、更具洞察力，则会发现蕴藏在她体态中的高贵和美丽，以及她举手投足间的优雅韵味，正因如此，埃德娜·蓬特利尔才显得与众不同。

那天早上，她穿着清爽的白色平纹细布裙，裙子上纵向装饰着一道棕色波浪形条纹；衣领是白色亚麻布质地。她头上戴着一顶大草帽，草帽是从门外的挂衣钩上取下的，帽子很沉，牢牢地扣在她那略微卷起的棕黄色头发上。

拉蒂诺尔太太更爱护自己的皮肤，在头上挽了面纱，还戴上狗皮长手套，以保护手腕不被晒到。她一身洁白，衣服上微微泛起的褶皱勾勒出她美好的体型。衣服的褶皱和飘起的衣饰与她丰满的身材相得益彰，比线条硬朗的服饰效果好得多。

海边有很多简陋但坚固的更衣室，室外有面向大海的小防护走廊。每个更衣室都被分成两小间，每个去勒布伦家度假的家庭都有自己的专属小间，小间里放着基本的游泳用品和其他生活用品，以满足主人的需要。她俩并不想游泳，只打算到海边走走，再在靠近海水的地方静静待一会。蓬特利尔家的更衣间与拉蒂诺尔家的共处同一屋檐下。

蓬特利尔太太习惯性地带上了钥匙。她打开更衣室的门走了进去，不一会便拿着一条毯子和两个套着粗棉布枕套的大枕头走了出来，她把毯子铺在走廊地板上，把枕头靠在墙上。

她俩肩并肩坐在走廊的阴影里，背靠着枕头，舒展着双脚。拉蒂诺尔太太脱掉面纱，用一条雅致的手绢擦了擦脸，取出扇子扇起风来，这把扇子她一直随身携带，用一根细长的缎带系在身上。埃德娜摘下衣领，解开颈部的扣子。她从拉蒂诺尔太太手中接过扇子，开始给两人扇风。天很热，有好一会儿，她俩一味地抱怨着天热，太阳晒，阳光刺眼。然而终于起风了，变幻不定的强风在海中掀起泡沫，吹动着她俩的衣裙，弄得她们必须不停地整理衣服、固定发夹和帽子，忙了好一会儿。稍远处，有几人正在海中嬉戏。此时，海滩上静悄悄的。邻近的更衣室外，那位穿黑衣的妇人正在走廊上念晨祷。一对年轻的恋人发现孩子们的遮阳棚下没人，便坐在里面互诉衷肠。

埃德娜·蓬特利尔茫然四顾，最终将视线投向大海。天朗气清，她的视线随着蓝色的天空向前延伸，直至天际。几朵白云懒懒地飘浮在地平线上，一艘挂着大三角帆的船朝着卡特岛①的方向驶去，而南面的其他船只从这么远的距离望过去几乎是静止不动的。

"你在想谁——在想什么呢？"阿黛尔问道，她有些玩味地凝视着同伴若有所思的表情，并被那融会了埃德娜所有特点的、宛如雕像般的专注神情深深吸引。

"没什么。"蓬特利尔太太答道，然后她惊觉了什么，又补充道，"真傻！不过被问到这样的问题时，我们好像都会本能地这么回答。让我想想，"她把头往后一靠，眯起眼睛想了起来，直到她的双眼如两簇鲜艳的火苗般闪动时，她才又开口道，"让我想想，我真的没有意识到自己在想什么，但也许我可以回忆一下。"

"哦！没关系！"拉蒂诺尔太太笑起来，"我没那么苛刻。这次就放过你好了。天实在太热了，这种时候让人思考，尤其还要回忆自己的想法，实在太强人所难了。"

"不过想想也挺有意思，"埃德娜坚持道，"首先，海面延伸得那么远，那些帆船在蓝天下一动不动，这幅图画好美，让我想坐下来看一看。扑面而来的热风让我想起——虽然不知道其中有什么联系，但我想起有年夏天，在肯塔基州，那时我还是个很小的小女孩，我走在草地里，草比我的腰都要高，蔓延的草地就像大海一样大。我边走边伸开手臂拨开高高的草叶，就像在滑水一样。啊，我现在明白这两者间的联系了。"

"你那天走在肯塔基州的草地里，是要去哪呢？"

"我想不起来了。我当时斜穿过一大片草地。太阳帽遮住了我的

---

① 卡特岛：又称猫岛，位于巴哈马中部的大西洋海域。

视线。我只能看到绿意从眼前延伸开去,那时我觉得自己会永远那么走下去,怎么也走不到尽头。我不记得自己是害怕还是高兴。我一定觉得很有趣吧。"

"说不定那是个周日,"她笑道,"我为了避开长老会①的祷告溜了出去,一想到我父亲念祷词时那一脸阴沉的样子,我到现在还会脊背发凉。"

"亲爱的②,在那之后你还会从祷告仪式上开溜吗?"拉蒂诺尔太太愉快地问道。

"哦!不!"埃德娜飞快地答道,"我那时还是个什么都不懂的小孩,总被错误的冲动牵着鼻子走。相反,曾有一段时间,宗教对我的影响牢不可破,那是从我十二岁开始,一直到——啊,我想应该是一直到现在,虽然我从没仔细想过——只是按照习惯来。但你知道吗,"她顿一顿,转而望着拉蒂诺尔太太,并把身子稍稍前倾,把脸凑近她的伙伴,"今年夏天有时候,我觉得自己又走在那片绿色的草地上了,就那样懒懒地、漫无目的地走着,什么也不想,也不知要走到哪里去。"

拉蒂诺尔太太将手覆在近旁的蓬特利尔太太的手上。见对方没有拒绝,她便坚定而热情地握住了它,又用另一只手,轻轻地、温柔地摩挲着它,喃喃低语道:"可怜的人。"③

这样的举动起初让埃德娜有些困窘,但她很快就适应了这位克里

---

① 长老会:基督教新教的一个分支,由新教教徒带到北美殖民地。
② 原文为法文。
③ 原文为法文。

奥尔太太温柔的爱抚。她自己不习惯将情感外露，或用言语表达，也不习惯看到他人那样做。正是因为这种糟糕的习惯，她和妹妹珍妮特才常常争吵。她的姐姐玛格丽特稳重而高贵，这很可能是因为母亲在她们很小时就去世了，她不得不过早地挑起家庭主妇的重担的缘故。玛格丽特就不是感情外露的人，她很实际。埃德娜偶尔会交个女性朋友，也不知道是不是巧合，她们都是同一类型的——都很沉默寡言。她从没意识到自己拘谨的个性和这些有着莫大的关系，甚至可能就是这些因素作用的结果。她学生时代最亲密的朋友极富才智，写得一手好韵文，埃德娜很钦慕她，还时常努力模仿她的文章；她俩兴高采烈地谈论着英国古典文学，有时也会争论宗教或政治上的问题。

埃德娜时常会对自己的某种偏好感到吃惊，这有时会让她的内心很不安，但她从不表现在脸上，或者宣之于口。在很小的年纪上——大概就是她穿过那片如波浪起伏的草海之时——她记得自己曾经狂热地迷恋上了一位骑兵军官，他很高贵，有一双忧郁的眼睛，曾到肯塔基州拜访她的父亲。他来访时她无法从他身边挪开脚步，也无法从他脸上移开视线，他的面容有点像拿破仑，一束黑发落在额边。但不知不觉间，这位骑兵军官的身影便在她心中烟消云散了。

之后她又深深爱上了一位年轻的绅士，那个年轻人是到她家附近的种植园去看望一位女士的。那是她们家搬到密西西比州之后的事了。那位青年和那位女士已经订婚了，他们有时会在午后驾着马车来拜会玛格丽特。埃德娜那时还是个十来岁的小姑娘，她意识到对于那位已经订婚的青年而言，自己什么也不是，这让她非常难过。这份爱恋最终也归于梦幻。

成年之后，她自以为遇上了命中注定的爱人。那是一位伟大的悲剧演员，他的容貌和身形在她脑中挥之不去，搅乱了一池春水。那份迷恋因其持久而显得真挚；那份激情因其无望而倍显崇高。

装着那位悲剧演员照片的相框就放在她的写字台上。任何人看到这张照片都不会起疑，或者说三道四。（她很喜欢这个小花招。）有他人在场时，她便将照片递给他们看，诉说自己对他那崇高天赋所抱有的敬意，反复强调照片和本人有多么相像。而当独自一人时，她时而会举起相片，热情地亲吻冰冷的玻璃相框。

她与莱昂斯·蓬特利尔的婚姻完全是个意外，和其他许多婚姻一样，都假以命运之名。在她热情地暗恋悲剧演员的时候，她遇见了莱昂斯。就像男人们惯常的那样，他坠入了爱河，并真诚而热情地向她求婚，其间的表现可谓尽善尽美。他取悦了她，那全心全意的爱恋令她高兴。她以为他们心有灵犀，品位一致，不过那只是她的假想而已。此外，她的父亲和姐姐玛格丽特强烈反对她嫁给一位天主教徒，这些因素加起来就足够促使她接受蓬特利尔先生的求婚了。

对于埃德娜来说，嫁给那位悲剧演员才是最大的幸福，但她此生注定无法达成。作为一个爱慕她的男人的忠诚妻子，她觉得自己应该用某种高雅的姿态，在现实生活中履行妻子的职责，永远关上浪漫与幻想的大门。

但不久之后，她对那位悲剧演员的爱恋便随风而去了，和她之前爱上的骑兵军官、订过婚的青年以及其他一些人一样。埃德娜发现自己面对面地遭遇了现实。她喜欢上了自己的丈夫，并意识到这种喜欢里并不包含过多的或虚幻的热情，因此便不会消散，这让她有种说不上来的满足感。

她对孩子的爱则非常冲动，时而浓烈时而淡泊，有时会热情地拥抱他们,有时又会把他们忘到脑后。去年夏天,孩子们曾到伊贝维尔县①的祖母家住了几天,因为觉得他们是快乐而安全的,所以她除了偶尔惦念一下之外,并不很想念他们。虽然她即便是对自己也并不肯承认,但事实上他们不在家反而令她松了口气。孩子们不在身边把她从一种盲目的责任中解脱了出来,而她天生没有履行那种责任的能力。

那个夏日,当她俩面朝大海坐在一起时,埃德娜并没有把所有这些心事都告诉拉蒂诺尔太太。但她着实说了很多。她把头靠在拉蒂诺尔太太肩上,红着脸,沉醉于自己的声音和那还未曾习惯的、对人开诚布公的滋味。她就像是喝醉了,又像是第一次呼吸到了自由的空气。

有声音由远及近传来,那是罗伯特带着一群孩子在找她们。蓬特利尔家的两个孩子围在他身边,而拉蒂诺尔太太的小女儿被他抱在手里。其他孩子也跟在一旁,两位保姆走在后面,看上去有些不悦,又无可奈何。

她们马上站起身来,开始整理衣饰,舒展筋骨。蓬特利尔太太将枕头和毛毯都丢进了更衣室。孩子们蹦蹦跳跳地跑向了遮阳棚,站成一排,直盯着那对仍在交换誓言、长吁短叹的不速之客。那对情侣站了起来,无声地抗议了一下,就慢慢走到别处去了。

---

① 伊贝维尔县,位于美国路易斯安那州东南部的一个县。设立于1805年4月10日,是该州最早设立的九个县之一。县名是为了纪念法国海军军人伊贝维尔爵士(Pierre le Moyne, Sieur d'Iberville)。

孩子们夺回了自己的遮阳篷,蓬特利尔太太走了过去,加入他们中间。

拉蒂诺尔太太央求罗伯特送她到大宅,她抱怨说自己手脚发麻,关节僵硬。她无精打采地挽着他的胳膊往回走。

第八章

等他俩肩并着肩,缓缓踏上归途之后,美丽的拉蒂诺尔太太马上开口道:"罗伯特,帮我个忙。"她靠着他的胳膊,抬头看他的脸,两人的面孔都隐在罗伯特撑起的阳伞的阴影之下。

"乐意效劳,无论帮多少忙都没关系。"他低头看着她那充满关切、若有所思的眼睛回答道。

"我只要你帮一个忙而已;请你别去招惹蓬特利尔太太。"

"天哪!"他大叫一声,突然很孩子气地笑起来,"拉蒂诺尔太太妒忌了![①]"

---

① 原文为法文。

"别胡扯！我是认真的。说真的，别去招惹蓬特利尔太太。"

"为什么这么说？"他问道，在同伴的恳求下，他也变得认真起来。

"她不是克里奥尔人；她跟我们不一样。她也许会把你说的话当真，那可要铸成大错了。"

他的脸因恼怒而泛红，他脱下呢帽来，开始边走边不耐烦地用它拍打大腿，"为什么她不能把我的话当真？"他尖锐地问道，"难道我就是个滑稽演员、小丑、玩偶盒里的玩偶？为什么她不可以？你们这些克里奥尔人！真受不了你们！难道在你们眼里，我一直是个消遣逗乐的角色？我倒希望蓬特利尔太太认认真真地对待我，希望她眼力够好，不只是把我当成个逗乐解闷的。要是我觉得有丝毫可能——"

"哦，够了，罗伯特！"她打断了他激动的倾诉，"你不知道自己在说什么。你说话根本不经大脑，就像那边沙滩上玩耍的孩子一样。如果你真的想让任何已婚女人接受你，那你就不再是我们所认识的那个绅士了，也不配再与那些信任你的人的妻女来往。"

拉蒂诺尔太太说出了自己心目中的律法和神谕，年轻的罗伯特不耐烦地耸了耸肩。

"哦！好吧！话不是这么说，"他把帽子狠狠地扣到头上，"你要知道，你说的这些话可不怎么中听。"

"我们的友谊难道是靠互相奉承来维系的吗？天哪！"

"从女人嘴里听到这样的话可真让人不舒服——"他心不在焉地继续道，接着又突然岔开了话题，"要是我像阿罗宾一样——你记得阿尔塞·阿罗宾和那位使馆领事的太太在比洛西克①的风流韵事吗?"接着他便开始讲阿尔塞·阿罗宾和领事太太之间的故事,后来又讲到法国歌剧院②里的一位男高音的轶事,这位男高音收到了禁忌的来信。他又讲了一些其他的故事,有的沉重,有的欢乐,直到两人都把蓬特利尔太太可能拿罗伯特的话当真的事儿忘到了脑后。

当他们回到拉蒂诺尔家的小别墅时,阿黛尔照例进屋休息,她觉得每天休息一小时对她的身体有好处。罗伯特在离开之前,恳求她原谅自己的急躁——他把这叫作粗鲁——她本是好心好意地提醒他,他却那么粗鲁地回应。

"阿黛尔,有一点你弄错了,"他微笑着说道,"蓬特利尔太太绝不可能对我认真。你应该警告我别太自作多情才对。如果你那么建议的话,我会觉得很有道理,也会好好反省反省。再见了③。不过你看上去很累,"他热心地补充道,"想喝点牛肉汤吗?还是我来给你调杯棕榈酒④?我给你调杯棕榈酒吧,在酒里加上一滴苦精⑤。"

她欣然同意喝杯牛肉汤。罗伯特走进小别墅后面单独搭建的厨房,盛了一杯金褐色的牛肉清汤,倒进精美的塞夫勒杯⑥中端给她,并在茶托里放上一两片薄饼。

她站在敞开的房门后面,伸出裸露的白皙手臂撩起门帘,接过了

---

① 比洛西克:新奥尔良市附近的一个海滨度假小镇。
② 法国歌剧院:坐落在新奥尔良,可能是19世纪美国最著名的歌剧院。
③ 原文为法文。
④ 棕榈酒:一种加糖加热水的烈酒,常被用来驱寒、提神。
⑤ 苦精:指安格斯特拉苦精,是一种药酒,味苦但有香草味,可以清热解毒。
⑥ 塞夫勒杯:产于法国塞夫勒市的陶瓷杯,该市盛产精美瓷器。

他手中的杯子。她称赞他是个"好人"[①]，并且真心实意地这么认为。罗伯特道过谢，转身朝大宅走去。

那对恋人刚好走到旅馆附近。他们像海边的水栎树那样互相依偎着，脚上片尘不沾，仿佛是倒立着走在蓝天上一样。穿黑衣的妇人缓缓跟在他们身后，看上去比平常更苍白憔悴了些。蓬特利尔太太和孩子们仍不见踪影。罗伯特环顾四周，盼着他们突然出现。但毫无疑问，他们不到晚餐时分是不会现身的。年轻人爬上楼梯，向他母亲的房间走去。房间位于顶楼，有着奇怪的转角和别扭而倾斜的天花板。两扇大天窗正对着海湾，从那里可以极目眺望大海。房中的家具色泽明亮、称心实用。

勒布伦太太在缝纫机上忙个不停。一个黑人小姑娘坐在地上，用手按着缝纫机的踏板。勒布伦太太是克里奥尔人，从不干任何可能对自身健康有害的事。

罗伯特走了过去，坐在天窗宽大的窗台上。他从口袋里掏出一本书看了起来，从他翻书的声响和次数可以推断出他正看得津津有味。缝纫机发出的咔咔巨响回荡在屋内。它是个笨重而过时的大家伙。在缝纫机停下的间歇，罗伯特就和他的母亲断断续续地聊上两句。

"蓬特利尔太太呢？"

"和孩子们一起待在海滩上。"

[①] 原文为法文，"bon garcon"在法文中既指"好人"，又有"好侍者"的意思。

"我答应了要把龚古尔^①的小说借给她。你走的时候别忘了带上；就在小桌上面的书架上。"咔嗒，咔嗒，咔嗒，砰！接下来的五到八分钟里缝纫机响个不停。

"维克多站在马车旁是打算去哪儿呢？"

"马车？维克多？"

"是啊，他就在楼下，房子前面，好像正准备驾车去哪里。"

"叫住他。"咔嗒，咔嗒！

罗伯特吹了声口哨，声音又尖又响，就算是远在码头上的人大概也能听到。

"他不抬头啊。"

勒布伦太太飞奔到窗口叫道："维克多！"她挥着手绢又叫了一次。楼下的年轻人坐上车，驾着马儿飞驰而去了。

勒布伦太太怒气冲冲，满面通红地回到缝纫机旁。维克多是她的小儿子，罗伯特的弟弟——他行事冲动^②，脾气暴躁，一旦打定主意就什么都拦不住。

"只要你开口，我随时都准备好了往他脑子里塞点理智，好让他收敛一点。"

"要是你父亲还活着就好了！"咔嗒，咔嗒，咔嗒，砰！勒布伦太太坚信，如果不是勒布伦先生在他们婚后不久就去了另一个世界，整

---

① 龚古尔：即19世纪法国作家爱德蒙·德·龚古尔（Edmond de Goncourt, 1822—1896）和他弟弟于勒·德·龚古尔（Jules de Goncourt, 1830—1870）。龚古尔兄弟总是以龚古尔之名发表共同著作。重要作品有《翟米尼·拉赛特》《少女艾尔莎》《亲爱的》等。

② 原文为法文。

个宇宙和其间的所有事物肯定都会更加井然有序。

"你收到蒙特尔的消息了吗?"蒙特尔是位中年绅士,过去二十年来,他一直抱有一个徒劳的愿望,一心想要填补自勒布伦先生去世后,勒布伦家空缺的位置。咔嗒,咔嗒,砰,咔嗒!

"他写了一封信来,被我放在不知道什么地方了,"勒布伦太太在缝纫机抽屉里翻找,在针线筐底部找到了信,"他让我告诉你,他下个月初会待在韦拉克鲁斯①"——咔嗒,咔嗒!——"如果你还想去找他"——砰!咔嗒,咔嗒,砰!

"妈妈,你怎么不早点告诉我呢?你明明知道我想——"咔嗒,咔嗒,咔嗒!

"你看到蓬特利尔太太带着孩子们往回走了吗?她午餐又要迟到了。不等到最后一分钟,她就不会准备来吃饭。"咔嗒,咔嗒!"你要去哪?"

"你刚才说把龚古尔的小说放哪儿了?"

---

① 韦拉克鲁斯(Veracruz):位于墨西哥韦拉克鲁斯州,是墨西哥湾最重要的港口城市。

第九章

　　大厅四壁每隔一段距离就安着一盏灯,每盏都点亮了,灯芯挑得高高的,再高就要冒烟或有爆炸的危险了。有人采来了柑橘枝和柠檬枝,编成造型优美的花彩,装饰在灯与灯之间。暗绿色的枝条在窗前垂落的白色细纱窗帘的映衬下熠熠生辉、分外夺目。从海湾吹来阵阵变化莫测的强劲海风,把窗帘吹得随风飘动。

　　这是一个星期六的晚上,距离罗伯特和拉蒂诺尔太太从海边回来时的那次亲密交谈已经过去了好几周。很多在外工作的丈夫们、父亲们和朋友们都到岛上过周日。他们受到了家人舒适的款待,勒布伦太太也提供了物质上的帮助。餐桌都已经搬到了大厅的一侧,椅子有的摆成排,有的围成圈。傍晚早些时候,各个小家庭就已经畅所欲言地聊过家长里短了。很明显，现在大家想要放松放松，把聊天的范围扩大一些，说点一般的话题了。

家长们也允许大多数孩子比平时晚睡。几个小孩趴在地板上，看蓬特利尔先生带回来的彩色连环画。蓬特利尔家的小哥俩允许他们瞧一瞧，好显示他俩的权威。

余兴节目有音乐、舞蹈和一两首诗朗诵，这些节目与其说是安排的，还不如说是大家自告奋勇表演的。演出没有先后顺序，完全看不出事先安排计划过。

晚间早些时候，法瑞尔家的孪生姐妹在众人的催促下演奏了钢琴。她俩年方十四，总是穿着象征圣母玛利亚的蓝色和白色衣裙，在受洗时就已把自己献给了圣母。她们演奏了一首《扎姆帕》中的二重奏，在大家诚挚的恳求下，又接着演奏了《诗人与农夫》的序曲。

"走开！该死的！①"门外的鹦鹉尖叫起来。所有在场者里，只有它足够坦白，在这个夏天第一次公然承认它根本没听孪生姐妹演奏的高雅乐章。这种干扰让孪生姐妹的祖父——法瑞尔老先生大为光火，坚持要把鸟笼子挪走，放到暗处去。维克多·勒布伦表示反对，而他拿定的主意就像命运一样无法更改。万幸这只鹦鹉没再继续捣乱，很明显，一直以来它都把天性里的恶毒藏在心底，在那一声猛然爆发的咒骂中将其发泄到了孪生姐妹身上。

接着，一对小兄妹表演了诗朗诵，诵读的诗歌每个在场者都在冬天城里的余兴节目中听过许多遍了。

一个小姑娘在大厅中央表演了裙舞。她的母亲一边给她伴奏，一

---

① 原文为法文。

边用激赏的眼光凝视着她,一边又有点忐忑不安。其实她大可不必如此担心,小姑娘应付这种场合游刃有余。她身穿得体的黑色薄纱丝绸紧身衣,露出光裸的脖颈和胳膊,烫卷的头发好似蓬松的黑色羽毛。她的舞姿十分优美,穿着黑色舞鞋的小脚迅捷地踢出、抬高,足尖闪闪发亮,让人眼花缭乱。

当此时宜,大家没有理由不跳跳舞。拉蒂诺尔太太有孕在身,不能跳舞,但是非常乐意给大家伴奏。她的演奏很出色,保持着极好的华尔兹节拍,并在旋律中注入鼓舞人心的情绪。她说自己是为了孩子们才坚持弹琴的,因为她和丈夫都觉得音乐可以活跃家庭生活,营造家庭氛围。

几乎所有人都跳起舞来了,只有孪生姐妹例外,谁也不能让她俩分开短短一会儿,让其中一人挽着男士的胳膊在大厅中旋转。她们俩本可以自己搭对跳舞,但是谁也没有这么想过。

大人叫孩子们都回去睡觉。有些小孩听话地自己走了,有些在尖叫和抗议声中被拖走了。家长们允许他们吃完冰淇淋再睡觉,已经是最大限度的纵容了。

金黄、银白的蛋糕错落地摆放在浅盘中,和冰淇淋一起在人群中传来传去。冰淇淋是下午两个黑人妇女在维克多的监督下在后厨做好后冰冻起来的。大家都说冰淇淋棒极了——要是少放点香草或多放点糖,冻得再结实一点,不放盐的话,那就更妙了。维克多很为自己的成绩骄傲,在大厅里走来走去,向大家推荐冰淇淋,鼓励他们一饱口福,吃得越多越好。

蓬特利尔太太和她丈夫跳了两支舞,和罗伯特跳了一支,又和拉蒂诺尔先生跳了一曲。拉蒂诺尔先生又瘦又高,跳起舞来好似风中摇摆的芦苇。跳完了舞,蓬特利尔太太走到外面阳台,坐在低矮的窗台上,在那儿,她既可以看见大厅里的情况,又可以眺望海湾。东方天际现出一抹柔和的晚霞,明月冉冉升起,神秘的月华在远处水波粼粼的海面上洒下万点银光。

"你想听赖斯小姐演奏吗?"罗伯特走上阳台,向蓬特利尔太太问道。埃德娜当然想听,但是又怕赖斯小姐不肯赏光。

"我去请她,"他说,"我就告诉她你想听她演奏。她喜欢你,一定会来的。"罗伯特转身匆匆向远处的一间小别墅走去,赖斯小姐正在那里拖着脚走来走去。她拽着一把椅子进进出出地折腾,不时抱怨隔壁婴儿的哭声,孩子的保姆正努力哄孩子睡觉。赖斯小姐是个不好相处的小个儿妇人,已经不年轻了,几乎和所有人都起过口角,性子孤行专断,无视别人的权利。罗伯特没费多大劲就说服了她。

她和罗伯特步入大厅时,恰逢一曲舞毕的间歇。她一进门,就向大家笨拙又傲慢地鞠了一躬。她相貌平平,小脸和身材都瘦巴巴的,眼睛却炯炯有神。她在穿衣打扮上毫无品位,穿着过时的黑色蕾丝裙,头发一侧别着一簇手工紫罗兰花。

"你去问问蓬特利尔太太想听我弹什么曲子。"她命令罗伯特道,自己静静坐在钢琴旁,一碰也不碰琴键,等着罗伯特把她的话带给坐在窗边的埃德娜。这位钢琴家的到来,让所有人都在惊讶之余,又感到由衷的满足。大厅里安静下来,大家都期待着。埃德娜因为受到这位专横小妇人的青睐而略感窘迫,她不敢指定曲目,便请赖斯小姐随意演奏。

埃德娜自诩非常热爱音乐。演奏出色的乐章能在她脑海里唤起一幅幅画面。拉蒂诺尔太太上午弹奏或练琴时，埃德娜有时会坐在屋里倾听。拉蒂诺尔太太弹奏的乐曲中，有一首被埃德娜命名为《孤独》。那是一首简短而哀伤的小调，原本另有题目，但是她却称之为《孤独》。每当她听到这首曲子，脑海中就会浮现一名男子孑然伫立在海边荒凉的礁石上的景象。他赤身裸体，凝望着远方振翅翱翔、渐渐远去的鸟儿，露出绝望而放弃的神色。

另一首曲子则让她想起一位身着宫廷服饰的秀丽的妙龄女郎，沿着高高的树篱间的林荫大道，踩着轻盈的舞步走来。还有一首曲子让她想起嬉戏的孩子们，另外一首则仅让她联想到一位娴静的太太抚摸一只猫的画面。

赖斯小姐在钢琴上弹出的第一个和弦就让蓬特利尔太太感到一阵战栗从上到下穿过她的脊柱。这不是她第一次聆听钢琴家的演奏，但却可能是第一次做好了聆听的准备，第一次心态调和得足以感受永恒的真理。

她期待着音乐在她心中唤起一幅幅画面，在她的想象中汇集，并像火焰般燃烧。然而她的等待落空了。她没有看到任何孤寂、希望、追求、绝望的画面。但是这些情感本身却在她灵魂中涌起，摇撼着，鞭打着，就像海浪每天击拍着她美丽的身躯。她感到一阵战栗，哽咽了起来，泪水迷蒙了她的眼眶。

赖斯小姐一曲奏罢，站起身来，拘谨而高傲地鞠了一躬，随即离开，没有为任何人停留，也没有为掌声致谢。当她沿着游廊走过埃德娜身旁时，伸手拍了拍埃德娜的肩膀。

"喂，你觉得我弹奏的曲子怎么样？"她问。年轻的太太无法作答，痉挛似的紧紧握住钢琴家的手。赖斯小姐感受到了她激动的情绪，也看到了她眼底的泪水，她再次拍了拍埃德娜的肩膀，说：

"你是唯一值得我为之弹奏的人。剩下的那些人？呸！"说完就拖着步子，沿着游廊悄然向自己的房间走去。

不过，她对"剩下的那些人"的判断失误了。她的演奏激起了一阵热情。"感情多么充沛！""真是一位艺术家！""我就说没人比赖斯小姐更会弹奏肖邦的作品了！""最后那一段的序曲！仁慈的上帝啊！^①真是震撼人心！"

天色渐晚，本该是曲终人散的时候了，但是却有人（可能是罗伯特）提议在这万籁俱寂的时候，借着神秘的月色去游泳。

---

① 原文为法文。

第十章

不论如何，罗伯特提出了这个想法，也没有人表示反对，大家都做好了跟着他走的准备。但是他没有带头，而是指了个方向，自己和那对情侣一起徘徊在队伍后面。那对情人摆出磨磨蹭蹭的样子，故意想和众人分开，罗伯特走在他们中间，也不知是因为要使坏还是在淘气，连他自己都不清楚自己的动机。

蓬特利尔夫妇和拉蒂诺尔夫妇走在前面，女士们倚在丈夫的臂膀上。埃德娜能听见身后罗伯特的声音，有时甚至连他的话都能听得一清二楚。她想知道罗伯特怎么不和他们一起走。这不像他。最近，他有时整天都不来找她，第二天和第三天却又加倍的热情，好像要弥补失去的时间。每当罗伯特借着什么托词离开她身边的时候，她就会想念他,就像人们在阴霾的日子里想念太阳,而阳光普照时又不以为意一样。

人们三三两两走向海滩。他们边说边笑,有几个人唱起歌来。克莱因小旅馆里有支乐队在演奏,乐声隐约向海滩传来,因为距离遥远而显得十分柔和。空气中弥漫着奇异而稀有的味道——那是海水的气息、青草的清香、新翻过的湿润土壤的芬芳,以及附近开满白色野花的田野飘来的浓郁花香混合在一起的味道。夜色温柔,轻轻地笼罩着大海和原野,不见半点暗影深沉。皎洁的月光漫洒在大地上,宛若一场轻柔神秘的梦。

大多数人都跃入海中,一派如鱼得水的样子。海面风平浪静,广阔的波澜缓缓翻涌,后浪推打着前浪,在岸边拍起层层碎沫,然后又翻卷着退回海中,仿佛一条条蜿蜒蠕动的银蛇。

埃德娜整个夏天都在学游泳。海边的男男女女都曾指点过她,有时连孩子们都来教她。罗伯特几乎每天都来系统地教她游泳,却发现徒劳无功,几乎要气馁了。她一下水,就感到一股无法抑制的恐惧,除非旁边有人随时能伸出援手,打消她的顾虑才行。

但是那天晚上,她就像个蹒跚学步的孩子,陡然发现了自己的力量,信心满满、冒冒失失地全靠自己迈出了第一步。她高兴得差点欢呼起来。而当她划了一两下水,身体浮出水面时,她确实高兴地叫起来了。

她感到一阵狂喜,就像得到了什么重要的力量,让她能掌控自己的身体和灵魂。她高估了自己的能力,变得大胆而鲁莽,想要游到别的女人都没游到过的远处去。

始料未及的成功让她成了众人惊奇、欢呼和赞美的对象。每个人都由衷欣慰，祝贺自己对埃德娜的特别指导终于收到了成效。

"多么容易啊！"埃德娜想，"这没什么大不了的，"她大声说，"我怎么早没发现，游泳其实没什么大不了的。想想我浪费了多少时间像个孩子似的在水里扑腾！"她不愿和别人一起游泳、比赛，而是陶醉在新获得的力量中，独自游了开去。

浩瀚的海洋与朗朗夜空在天际交融，在她心中激起种种幻想，她面朝大海，竭力体味空间和孤寂带给她的感受。她向远处游着，仿佛要投入那让人沉湎的广袤天地。

有一次，她曾回头望向海岸，望向被她留在身后的人群。她游得其实不算远——就是说，对于经验丰富的游泳者来说，并不是一段很远的距离。但对她来说，身后延展的水域那么陌生，就像屏障一样，不借助别人的力量就无法跨越。

濒死的恐惧霎时袭向她的心头，刹那间让她惊骇欲绝，浑身无力。但她竭力振作，打起精神，奋力游回岸边。

她没和任何人提起自己与死亡的遭遇，以及那瞬间的心惊胆寒，只对她丈夫说："我还以为自己要孤零零地死在那儿了。"

"亲爱的，你没游多远，我一直看着你呢！"他告诉她。

埃德娜立刻走向更衣室，穿好干爽的衣服，在其他人上岸之前就做好了回家的准备，独自一人往回走。大伙儿试图叫住她，朝她呼喊。她一边挥手回绝，一边继续走上回家的路，不再理会大家新一轮的呼喊挽留。

"有时候，我觉得蓬特利尔太太挺任性。"勒布伦太太说。她正沉浸在无边的欢乐中，生怕埃德娜的突然离去会让大家兴致阑珊。

"我知道她是有点任性，"蓬特利尔先生同意道，"不过只是偶尔罢了,并不经常如此。"

埃德娜还没走完回家的路的四分之一,罗伯特就赶了上来。

"你是不是以为我会害怕?"她问道,却没有语带埋怨。

"不,我知道你不害怕。"

"那你来干什么呢?为什么不留在那儿和其他人待在一起呢?"

"我没想过。"

"想过什么?"

"什么都没想过。这有什么区别吗?"

"我很累。"她抱怨道。

"我知道你累了。"

"你什么也不知道。你怎么会知道呢?我这辈子从来没有这么疲惫不堪过。但是我并不难受。今晚千万种思绪涌上我的心头。其中有一半我都没法领悟。别介意我的话,我只是在自言自语罢了。我怀疑以后我都不会像今天听到赖斯小姐弹琴这么感动了。我甚至怀疑以后再也不会经历这样一个夜晚了。今夜就像是做了一场梦。我周围的人都是些离奇的、半人半什么的生物。今晚一定有精灵出没。"

"确实如此,"罗伯特低声说,"你不知道今天是八月二十八日吗?"

"八月二十八日?"

"是的。在八月二十八日午夜时分,如果月光皎洁的话——必须得月色明亮——一个在这片海滩徘徊了几百年的鬼魂就会从海湾升起,用洞察万物的眼睛寻找有资格与他为伴的凡人,然后带着那个人升入半人半灵的国度,共度几小时光阴。迄今为止,他的寻找总是落空,只好一次又一次心灰意冷地沉入海底。但是今晚他找到了蓬特利尔太太，也许他永远不会给她完全解除咒语，也许她再也不能忍受一个一文不值的可怜人走在她圣洁身影投下的阴影里了。"

"别再拿我开玩笑了。"她说。罗伯特说的话听起来轻率刻薄，让她有些伤心。罗伯特从来不把这种哀求放在心上，但是埃德娜语带悲伤，仿佛在责怪他一样。他无法解释；他不能告诉埃德娜自己已经看穿了她的心思，也理解她的感受。他默默地向她伸出手臂，因为埃德娜承认她已经累坏了。埃德娜一直踽踽独行，双臂无力地垂着，任由洁白的裙裾扫过沾满露珠的小路。她挽住他的手臂，却没有依偎过来，只把手漫不经心地搭在罗伯特的臂弯里。她的思绪好像已经飘到了九霄云外——远远飘到了她身体的前方，而她的身体正在竭力追赶它们。

罗伯特帮她爬上吊床，吊床两端分别系在门柱和一棵树的树干上。

"你就待在外面等蓬特利尔先生吗？"他问。

"我就在这儿等着。晚安。"

"要我给你拿个枕头吗？"

"这儿有一个。"她一边说一边四处摸索，因为枕头藏在阴影里。

"肯定脏死了，孩子们老是把它到处乱扔。"

"没关系。"埃德娜找到了枕头，把它垫在头下。她在吊床上舒展身躯，深深地松了一口气。她不是那种骄傲自大、挑三拣四的女人。她不太习惯蜷缩在吊床上，这个动作由她做来也没有猫一样慵懒撩人的风姿，但浑身上下却散发出一种令人舒适的娴静意味。

"要我和你一起等蓬特利尔先生回来吗？"罗伯特一边问，一边坐在台阶的外沿，伸手握住了拴在门柱上的吊床绳子。

"要是你愿意就待着吧。别摇绳子。你能把我的白披肩拿来吗?我把它落在大宅的窗台上了。"

"你冷吗?"

"现在不冷,但是过一会儿就该冷了。"

"过一会儿?"他笑起来,"你知道现在几点了吗?你打算在这儿待多久?"

"我不知道。你能把披肩拿给我吗?"

"当然可以。"他说着站起身来,踏着青草走向大宅。她望着他的身影在丝丝月光下时隐时现。午夜已过,周围一片静谧。

罗伯特把披肩拿回来后,埃德娜接过披肩,握在自己手里,没有马上围起来。

"你说过我应该等蓬特利尔先生回来对吗?"

"我说要是你想等就可以等。"

他再次落座,卷了一支香烟,静静抽起来。蓬特利尔太太也缄默不语。此时无声胜有声,初次体味的欲望的悸动比任何言语都意味深长。

当游泳归来的人们的声音渐渐靠近时,罗伯特向她道了晚安。埃德娜没有回应。他以为她已经睡着了。埃德娜目送他离去,再次看着他的身影在缕缕月光下时而清晰、时而模糊。

第十一章

"你在这儿做什么呢,埃德娜?我还以为你早上床睡觉了呢。"发现她躺在外面时,她的丈夫说道。他和勒布伦太太一道上来,把后者送到大宅后才回来。埃德娜没有回答。

"你睡着了吗?"他问,弯下腰来仔细看她。

"没有。"她抬眼望向他,双眸闪闪发亮,没有半点瞌睡的影子。

"现在都一点多了,你知道吗?进来睡觉吧。"他拾级而上,进了房间。

"埃德娜!"等了一会儿,蓬特利尔先生从屋里叫道。

"别等我了。"她答道。蓬特利尔先生从门里探出头来。

"你在外面会感冒的,"他不耐烦地说,"这是犯什么傻呢?你为什么不进来?"

"天不冷,我有披肩呢。"

"蚊子会把你的血吸干的。"

"这儿没蚊子。"

她听到他在屋里走来走去,每一声响动都显示出他的不耐和愤怒。要是从前,她可能已经应他的要求进屋去了。她可能已经出于习惯屈从于他的愿望了:不是因为觉得应该服从他的强迫性要求,而是不假思索地就会那么做,就像走路、移动、坐立、完成生活中的日常琐事一样。

"埃德娜,亲爱的,你就不能快点进来吗?"他又问道,这次口气宠溺,带着点恳求的口吻。

"不,我就要在外边待着。"

"真是愚不可及。"蓬特利尔先生说道,"我不会让你在外边待上一整晚的。你必须马上进屋来。"

埃德娜翻了个身,换了个姿势,以便更稳当地躺在吊床里。她感到自己的意志在熊熊燃烧,顽强而执着。此时,她一心一意只想否定和拒绝丈夫的要求。她思索着,丈夫从前是否也曾用这种口吻和她说过话,她是否曾经对他的命令俯首帖耳。她当然屈服过,她记得。但是以现在的心境,她不明白自己为什么要屈服,要怎么屈服。

"莱昂斯,去睡觉吧,"她说,"我就打算待在外边。我不想进屋,也不打算进屋。别再用这种语气和我说话了,我不会理你的。"

蓬特利尔先生已经铺好了床,但又披上一件睡衣。他开了一瓶酒,那是他的小酒柜里收藏的为数不多的几瓶珍品之一。他喝了一杯酒,走到外面门廊上,递给妻子一杯。埃德娜不想喝酒。他拉过摇椅,抬起穿着拖鞋的脚,放在门廊的栏杆上,抽起了雪茄。他连抽了两支雪茄，起身进屋又喝了一杯酒。蓬特利尔太太再次拒绝了他端来的酒。蓬特利尔先生又一次坐在椅子上，脚跷得高高的，就这么过了好一会儿，抽了更多的雪茄。

埃德娜开始觉得，自己正从一场绮丽怪诞、不可思议的梦中慢慢醒来，沉重的现实再次压上她的灵魂。肉体的困倦向她袭来，先前支撑着她、让她精神振奋的充沛活力已经消失了，使她不由自主地向周遭的现实屈服。

此时，夜晚最静谧的时候已经到来，黎明前夕，整个世界都仿佛屏住了呼吸。月亮低垂，在沉睡的夜空中由银白转为铜红。老猫头鹰不再鸣叫，水栎树在晚风的吹拂下弯下树枝时，也不再发出沙沙的响声。

埃德娜站起身来，因为一动不动地在吊床里躺了太久而肌肉酸麻。她晃晃悠悠走上台阶，无力地扶住门柱，站在门前。

"你进来吗，莱昂斯？"她回头问她丈夫。

"进来，亲爱的，"他答道，吐出一口烟雾，瞥了一眼自己的妻子，"抽完这支雪茄我就进来。"

第十二章

埃德娜只睡了几小时。然而就连这几小时都是混乱不安的,常常被莫可名状的梦惊醒,这些梦境倏来倏去,只在她半梦半醒间留下些许不可捉摸的印象。她起了床,在微凉的清晨里穿好衣裳。空气清爽宜人,抚慰了她的神经。然而,她并不想寻求任何精神上的抚慰和帮助,不管是来自外部,还是来自她自身。她盲目地追寻体内的冲动,就像把自己交给陌生的手去引导,将灵魂从责任的束缚中解脱出来。

天色尚早,大多数人都还在床上睡觉。只有几个想要到切尼尔参加弥撒的人在外面活动。那对恋人昨晚就订好了计划,已经漫步向码头走去。穿黑衣的妇人捧着周口用的天鹅绒金色搭扣的祈祷书,戴着银念珠,跟在他们身后不远处。法瑞尔老先生起床了,无论什么事情他都愿意参与。他戴上大草帽,从大厅的伞架上取下雨伞,跟在穿黑衣的女人身后,却始终赶不上她。

曾经操作过勒布伦太太的缝纫机的那个黑人小姑娘,正漫不经心地一下一下清扫着门廊。埃德娜派她去大宅叫醒罗伯特。

"告诉他我要去切尼尔。船已经备好了,叫他赶紧的。"

罗伯特很快就来了。她还从没派人请过他。她从不主动找他。在此之前,她似乎从来没有想要他陪在身边。她没有意识到自己要求罗伯特过来有什么特别之处。罗伯特显然也没有发现这个情形有何不妥。但是见到她时,他的脸上却闪现出淡淡的光芒。

他们一起回厨房去喝咖啡。没有时间等细致的服务了。他们站在窗外,厨师把咖啡和面包卷递给他们,他们就在窗台边吃了起来。埃德娜说味道好极了。

她之前根本没想过要喝咖啡什么的。罗伯特告诉她,他发现她总是不会提前计划。

"我计划去切尼尔,因此把你叫醒,这还不够吗?"埃德娜笑起来,"我难道还要事事考虑周全吗?莱昂斯心情不好时就会这么说。我不怪他,要不是因为我,他也不会心情不好。"

他们走了条捷径通过沙滩,可以远远看见那支古怪的队伍走向码头——小情侣肩并肩地慢慢走着,穿黑衣的女人渐渐赶上他们,法瑞尔老先生被一点一点甩在后面,还有一个赤着脚的年轻西班牙姑娘,头戴红手帕,手挽小篮子,远远跟在队尾。

罗伯特认识那个姑娘,乘船时和她说了几句话。在场的人谁也听不懂他们在说什么。姑娘的名字叫玛丽琪塔。她长着一张圆圆的、精灵古怪的脸，还有一双乌黑漂亮的眼睛。她双手纤细，一直握着篮子的提手。她的脚宽大粗糙，她也不掩藏起来。埃德娜看着她的脚，发现她棕色的脚趾缝里沾满了泥沙。

比尔德莱特嘟嘟囔囔地抱怨着玛丽琪塔占了太多地方。实际上他是讨厌法瑞尔老先生，这位老先生觉得和比尔德莱特相比，自己的划船技巧更胜一筹。但是比尔德莱特又不好和老人家斗气，只有拿玛丽琪塔撒气。玛丽琪塔一度表示抗议，向罗伯特求助。随即又莽撞无礼起来，上下摇晃脑袋，一会儿向罗伯特挤眉弄眼，一会儿又朝比尔德莱特努嘴。

那对小情侣沉浸在二人世界中，对周围一切视而不见，听而不闻。黑衣女人数念珠已经数到第三遍了。法瑞尔老先生一刻不停地唠叨着他知道的掌舵知识，以及比尔德莱特不懂的驾船技巧。

这一切都让埃德娜欢喜。她上下打量着玛丽琪塔，从她丑陋的棕色脚趾看到她美丽的黑色眼眸，又从头到脚看回来。

"她干吗那样瞧我？"女孩儿问罗伯特。

"也许她觉得你长得漂亮吧。要我问问她吗？"

"不用了，她是你的恋人吗？"

"她是位已婚的女士，有两个小孩了。"

"哦！是吗！弗朗西斯科和斯尔诺文的妻子就私奔了，那个太太还有四个小孩呢。他们偷光了斯尔诺文的钱，带走了一个小孩，还偷了他的船。"

"闭嘴！"

"她能听懂？"

"哦，嘘！"

"那边那两个靠在一起的,他俩结婚了吗?"

"当然没有。"罗伯特大笑道。

"当然没有。"玛丽琪塔随声附和,确认般认真地点了点头。

太阳高高升起,阳光已经有点灼人了。微风簌簌,针一样刺痛了埃德娜脸上和手上的毛孔。罗伯特为她撑起阳伞。他们在水中斜斜驶向对岸,风把船帆吹得鼓鼓的。法瑞尔老先生看着船帆,肆意讥笑着什么,比尔德莱特压低嗓音咒骂着他。

划船穿越海湾来到切尼尔·卡米纳达,埃德娜觉得像是挣脱了紧紧绑缚她的锚一样。绑着她的锁链早就松了,在昨天那个神秘魂灵出没夜晚骤然崩断,让她可以随心所欲去到任何地方。罗伯特不停地和她讲话,他已经不理会玛丽琪塔了。那姑娘的竹篮里装着虾,虾上覆盖着铁兰。她不耐烦地拍打着铁兰,闷闷不乐地喃喃自语。

"我们明天去格朗德特尔岛①怎么样?"罗伯特低声说道。

"我们去那里干什么?"

"爬到山顶的老碉堡上,去看看蜿蜒蠕动的小金蛇,瞧瞧蜥蜴晒太阳。"

埃德娜朝格朗德特尔岛望去,想象她和罗伯特俩单独待在那里,沐浴在阳光中,倾听海水的咆哮,观察滑溜溜的蜥蜴在老碉堡的废墟里钻进钻出。

"然后,后天或者大后天,我们可以乘船去沼泽村②。"他继续

---

① 格朗德特尔岛:加勒比海小安的列斯群岛中的一座岛屿。与西面的姊妹岛一起构成法国瓜德罗普海外省的核心。

② 沼泽村:指离格兰德岛最近的几个村落,建在沼泽地上。

说道。

"我们又去那里干什么呢?"

"干什么都行——钓钓鱼什么的。"

"不,我们还是去格朗德特尔岛,让鱼好好地游吧。"

"你想去哪里我们就去哪里。"他说,"我把托尼叫过来,帮我把船修好。这样我们就不用找比尔德莱特或者别人划船啦。你害怕坐独木舟吗?"

"哦,不。"

"这样的话,哪天晚上月亮好,我就带你坐独木舟。也许你的海湾精灵会悄悄告诉你哪座岛上藏着宝藏呢——没准儿能把你准确地带到藏宝的地方也说不定。"

"然后我们就一夜暴富了!"她大笑,"我把宝藏全给你,海盗的金子,还有我们挖出来的每样宝贝。我觉得你知道该怎么花这笔钱。海盗的金子压根不该存起来慢慢用,海盗的金子就该肆意挥霍掉,为了好玩儿朝四面八方乱扔,看金片在空中飞舞,闪闪发光。"

"我们俩要分享这批宝贝,然后一起花掉。"他说着,双颊泛起红晕。

所有人都到卢尔德①圣母教堂去了,那是一座古雅的哥特式小教堂,外墙涂着棕色和黄色的油漆,在阳光的照耀下,闪烁着耀眼的光芒。

只有比尔德莱特留下修补他的小船,玛丽琪塔挽着她的一篮子虾走了,临走时还用眼角瞥了罗伯特一眼,投出孩子般嗔怪的眼神。

---

① 卢尔德:法国西南部城市。

第十三章

在教堂做礼拜时，埃德娜感到一股沉闷和睡意袭上心头。她头疼起来，圣坛上的灯光在她眼前晃来晃去。要是从前，她可能会尽力维持镇定，但现在她只想离开气氛令人窒息的教堂，到外边呼吸新鲜空气。她站起身来，踩了罗伯特的脚，喃喃地说着抱歉。法瑞尔老先生十分惊异，也站起来，但一见罗伯特尾随蓬特利尔太太出去了，就又坐回椅子里。他有些焦急地低声问黑衣女人发生了什么事，可是对方没有注意到他，也没有回答，眼睛紧紧盯着天鹅绒祈祷书的书页。

"我觉得头晕晕的，快要昏倒了。"埃德娜说，本能地抬起手放在额头上，把草帽向上推了推。"我挨不过整场礼拜了。"他们坐在外面教堂的阴凉处，罗伯特心急如焚。

"想过来本身就够蠢的了,更别提在这儿撑着了。我们到安托万太太家去吧,在那儿你能休息休息。"他挽过她的手臂,搀着她往前走,不停焦急地低头看她的脸。

四周静悄悄的,只有大海的呜咽穿过盐水池的芦苇丛远远传来。一长排饱经风雨的灰色小房子静静地坐落在橘子树下。这个地势低洼、让人昏昏欲睡的小岛上一定每天都是星期天,埃德娜想。他们停住脚步,倚在一道用海上漂流木做的参差不齐的篱笆上讨水喝。一个面目和善的年轻阿加底亚人正从蓄水池中汲水,蓄水池就是一个锈迹斑斑的救生圈,在一边打了一个洞,埋在地里就成了池子。年轻人用锡桶盛水递给他们,水温并不低,但是对埃德娜发烫的脸颊来说却很凉爽,马上就让她神清气爽起来。

安托万太太的小屋在村子的尽头。她以当地人的热情好客欢迎了他们,就像打开房门,迎进阳光一样。她很胖,走起路来步履沉重、略显笨拙。她不会说英语,但当罗伯特设法让她明白,和他一道的女士生了病,想要休息一下时,她热忱地招待了埃德娜,希望把她安置得舒舒服服的,就像在家一样。

安托万太太家里里外外都十分干净。铺着雪白床单的四脚大床让人一见就想躺上去。床放在一间小侧室里,从窗户可以看到通往棚子的一块狭长的青草地,上边倒放着一艘坏掉的小船。

安托万太太没有去参加弥撒。她的儿子去了,但是她认为他很快就会回来,于是就邀请罗伯特坐在屋里等他。但是罗伯特却坐到门外抽烟去了。安托万太太在宽敞的前屋忙活着准备午餐。巨大的火炉里几块煤烧得通红,她就在炉火上炖鲻鱼。

埃德娜被独自留在小侧室里,她解开衣服,脱下外面的衣裙,在两扇窗户之间立着的脸盆里洗了脸、脖子和胳膊，最后除下鞋袜，舒展开身体，躺在高高的洁白的大床中央。能在这么一张古雅奇异的大床上休息多么奢侈！床单和被子还散发着乡间月桂的芬芳！她把微微发酸的四肢伸开，用手指梳理了一阵松散的头发。她伸直手臂，揉完左臂揉右臂，一边揉一边看着自己圆润的胳膊，她仔细地观察着，就好像是第一次看见它们，看见那美丽坚实的肌理一般。她放松地把两手叠在一起，放在头上，就这样坠入梦乡。

一开始，她睡得不熟，半梦半醒，迷迷糊糊地知道周围发生了什么。她能听见安托万太太在沙子铺就的地面上走动时发出的沉重细碎的脚步声。窗外几只小鸡咯咯叫着在草地里扒小石子。后来她又隐约听到罗伯特和托尼在棚下聊天的声音。她一动也不动，就连眼皮都木然沉重地耷拉在困倦的眼睛上。说话声还在继续——托尼那轻声慢调的阿加底亚口音，还有罗伯特轻快、温柔、流畅的法语。她对法语一知半解，除非面对面和她说才能听懂。他们的说话声混合着其他使人昏昏欲睡的声音，让她沉沉睡去。

埃德娜醒来时就知道自己睡了长长美美的一觉。棚子下的说话声消失了，也听不到安托万太太在隔壁的脚步声，甚至小鸡们都到别处咯咯叫着觅食去了。蚊帐笼罩着她，那是不知什么时候，安托万太太进来为她放下的。

埃德娜静静地起床，从窗帘的缝隙向外张望，只见阳光斜斜照着，下午已经过去大半了。罗伯特还坐在外边棚子的阴凉处，靠着倒放的小船倾斜的龙骨。他在读书。托尼已经不在他身边了，她想知道同来的其他人都上哪儿去了。她站在窗间的脸盆处梳洗时，又偷偷地向窗外看了罗伯特两三回。

安托万太太在一把椅子上搭了几条干净的粗毛巾，又在触手可及的地方摆了一盒香粉。埃德娜把粉扑在鼻子和脸颊上，对着水盆上面墙上挂着的凹凸不平的小镜子，仔细地照了又照。她眼神明亮，神采飞扬，脸颊熠熠生辉。

等到梳洗停当，她就走到隔壁房间。她觉得很饿。房间里空无一人，但是墙边的桌子上铺着桌布，上面摆着一套餐具，盘子旁边放着一块烤成棕色的硬皮面包，还有一瓶酒。埃德娜咬了一口面包，用洁白有力的牙齿撕下一大块，又往杯子里倒了一点酒喝了下去。然后她轻轻走出房门，从橘子树低垂的枝条上摘下一个橘子，朝罗伯特扔去。罗伯特还不知道她已经睡醒起床了。

看到她，罗伯特的脸上一亮，快步走到橘子树下，站在她身旁。

"我睡了多少年？"她问道，"整个岛似乎都变得不一样了。一定有新的物种崛起了，只剩下你我是远古的生物。安托万太太和托尼去世多久了？格兰德岛上的人们又是什么时候死去的？"

罗伯特亲昵地理了理她肩上的褶皱。

"你睡了整整一百年。我留在这里守着你安眠，坐在外面那个棚子里，读了一百年的书。这期间，我唯一不能阻止的不幸，就是眼看着一只烤鸡风干了。"

"就算变成石头，我也能吃掉，"埃德娜说着，和罗伯特一道走进屋里。"不过说实在的，法瑞尔先生和其他人怎么样啦？"

"好几个小时前就走了。他们发现你睡着了，觉得最好还是别吵醒你。不管怎么样，我也不会让他们吵醒你的。要不我在这儿待着干什么？"

"不知道莱昂斯会不会担心！"她寻思着说，一边坐在桌旁。

"当然不会,他知道你和我在一块儿。"罗伯特回答,忙活着侍弄灶台上各式各样的平底锅和有盖菜盘。

"安托万太太和她的儿子到哪儿去了?"埃德娜问。

"应该是去做晚祷了,再顺便拜访几个朋友。你什么时候想回去,我就用托尼的船送你。"

罗伯特拨弄着炭火,直到烤鸡又开始嗞嗞地冒油。他为埃德娜奉上美味的大餐,重新煮了一壶咖啡和她分享。安托万太太只做了鲻鱼,但是罗伯特趁埃德娜睡着的时候在岛上搜寻了一番。看到埃德娜胃口大开,吃着他为她准备的食物,罗伯特感到孩子一般的满足。

"我们立刻就动身吗?"她喝完了咖啡,把面包屑归拢到一起。

"太阳还有两个小时才落山呢!"他答道。

"两个小时后就根本看不见太阳了。"

"那就随它的便吧,谁在乎呢!"

他们在橘子树下等了好一会儿,安托万太太才回来,她气喘吁吁、步履蹒跚地走过来,为自己的失陪连声道歉。托尼没敢回来。他十分害羞,除了自己的母亲以外,不愿意见到任何女士。

夕阳西下,西边的天空被落日余晖渲染成一片火红金黄,此时坐在橘子树下分外令人愉快。长长的影子拖曳在草地上,就像鬼鬼祟祟、奇形怪状的怪物。

埃德娜和罗伯特两人席地而坐——罗伯特躺在她的身畔,不时拨弄着她细布长裙的裙摆。

安托万太太身子宽厚矮胖,一屁股坐在门边的凳子上。她整个下午不停地说啊说,终于讲到了故事的高潮。

她讲的故事多有趣啊!她一辈子只离开过切尼尔·卡米纳达两

次,两次都匆匆归来。这么多年来她都在这个岛屿上度过,蹒跚地走来走去,蹲在地上侍弄东西,收集了很多巴拉塔里亚湾①和海上海盗的传说。夜幕降临,月光照亮了大地。埃德娜似乎听到了死去的魂灵低语的声音,以及埋在地下的金子碰撞出的清脆响声。

埃德娜和罗伯特登上托尼的小船,船上挂着红色的三角帆,雾气像鬼影一样,在暗影里、芦苇间徘徊缭绕,水面上飘荡的小船如幽灵船般飞快地掠过水面。

---

① 巴拉塔里亚湾:墨西哥湾小海湾,在美国路易斯安那州东南部。长约24公里,宽约19公里。入口大部被格兰德岛、格朗德特尔岛封堵,有狭窄可通航的水道沟通内外航路。

第十四章

拉蒂诺尔太太把蓬特利尔太太的小儿子艾蒂安交还给他母亲时,说这孩子是个淘气包。他不想睡觉,大吵大闹的,于是她便接手照料他,用尽浑身解数地安抚他。拉乌尔倒是两小时前就上床睡觉了。

小家伙穿着白色长睡衣,拉蒂诺尔太太牵着他走的时候,脚下磕磕绊绊的。他抬起另一只胖乎乎的小手揉眼睛,眼里困意满满,还有点儿不太高兴。埃德娜把他拥在怀里,坐在摇椅上不停地爱抚他,心肝肉儿地叫着,哄他睡觉。

这时还没到九点,只有孩子们睡了。

拉蒂诺尔太太告诉她,刚开始的时候,莱昂斯可紧张了,想要立刻赶到切尼尔去。但法瑞尔先生再三保证说他太太只不过是太累太困了,晚点儿托尼就会把她安然无恙地送回来，才总算打消了他横跨海湾赶过去的念头。他这会儿到克莱因旅馆拜访一位棉花经纪人去了，要谈点什么证券、交易、股票、债券之类的事儿，具体的她也记不太清楚。他说不会待到太晚。拉蒂诺尔太太还说，她自己也遭了不少罪，天气又热心里又闷得慌。她带了嗅盐和一把大扇子。现在可不能再陪着埃德娜了，因为她先生正一个人待着呢，他最恨这个了。

艾蒂安睡着后，埃德娜把他抱回里屋，罗伯特跟进去撩起蚊帐，好让她把小孩舒舒服服放到床上。保姆早就不知道哪儿去了。等他们从小别墅出来，罗伯特便向她告别。

"罗伯特，你发现没有，我们俩从今天一大早到现在，整天都待在一块儿呢？"分别时她说。

"除了你睡着的那一百年。晚安。"他紧握了一下她的手，向海边走去。他没和任何人作伴，孤身一人走向海湾。

埃德娜待在屋外等丈夫回来。她不想去睡觉，不想去和拉蒂诺尔一家一起闲坐，也不想加入勒布伦太太那伙人，他们正在大宅前聊天，兴高采烈的说话声清晰地传到她耳朵里。她回忆着在格兰德岛的日子，想要弄清楚和以前那么多个夏天相比，今年夏天到底哪里与众不同。最后，她只觉得她自己——现在的自己——和从前的自己不一样了。她看事情的眼光变了，这种内在的新变化影响、改变着她的处境，而她也逐渐认清了自己的变化，这是她从未想到的。

她琢磨着罗伯特离开的原因，丝毫没有想过和她共度了一整天后，他可能会感到厌倦。她自己没有这种感觉，并且觉得罗伯特也不会。她很遗憾罗伯特离开了。除非真的非走不可，对于埃德娜来讲，有他陪在身边才比较自然。

埃德娜边等她丈夫，边低声唱着穿越海峡时罗伯特唱的歌。歌词的开头是"啊！但愿你知晓"，每一段的结尾也是"但愿你知晓"。

罗伯特的嗓音毫不做作，真挚悦耳。那声音、那旋律、那重复的乐句盘旋在她的脑海里，经久不散。

第十五章

一天晚上，当埃德娜照例稍晚才进入餐厅时，大家正前所未有地热烈讨论着。几个人同时说着话，维克多的声音最大，把他母亲的说话声都盖了过去。埃德娜游泳回来晚了，匆匆忙忙换过衣服，脸上红扑扑的。精致的白裙子衬得她的面容好似一朵名贵馥郁的花。她坐在桌边，挨着法瑞尔老先生和拉蒂诺尔太太。

她进来时汤已经端上来了，等她坐好，准备开始喝的时候，几个人同时告诉她，罗伯特要去墨西哥了。她放下勺子，迷惑地望向四周。他们今天还在一起，罗伯特给她读了一上午的书，从没提过什么墨西哥。她下午没见过他，听说他在大宅里，跟他妈妈一起待在楼上。下午晚些时候，她朝海滩走时也没见罗伯特来找她，那时她虽然有些纳闷儿，却也不曾多想。

她越过人群看向罗伯特，他坐在主座旁边，主座上是勒布伦太太。埃德娜脸上流露出毫不掩饰的疑惑之色。罗伯特回望着她，挑起眉毛，做出一个笑容。他看起来窘迫不安。"他什么时候走？"她问大家，好似罗伯特本人不在场，不能自己回答一样。

"今天晚上！""就今晚啦！""你听说过这种事吗！""他中了什么邪！"埃德娜同时听到了好几种回答，英语法语混杂在一起。

"不可能！"她叫道。"要从格兰德岛出发到墨西哥去，这怎么可能说走就走？又不是去海边、去码头、去克莱因旅馆！"

"我一直念叨着要去墨西哥呢，都说了好几年了！"罗伯特激动而急切地说，就像要赶走一大群叮人的虫子一样。

勒布伦太太拿餐刀把敲桌子。

"请让罗伯特自己解释他为什么要走，以及为什么今晚就走，"她大叫道，"说真的，这儿越来越像贝德兰精神病院①了，所有人一齐说个不停。有时候——上帝原谅——不过说真的，有时候我真希望维克多变成哑巴。"

维克多讽刺地笑着对他妈妈的神圣愿望表示感谢，他觉得这个愿望除了可能给勒布伦太太自己带来更多高谈阔论的机会外，对谁都没好处。

法瑞尔先生认为维克多小的时候就该被扔到海里淹死。维克多觉得这么处理那些出了名的招人讨厌的老家伙们更符合逻辑。勒布伦太

---

① 贝德兰精神病院：全名 The Bethlem Royal Hospital，欧洲最早建立的专治精神疾病的医院。

太开始有点歇斯底里了，罗伯特严厉地训斥了弟弟几句。

"没什么好解释的，妈妈。"他说。不过他还是解释了——主要看着埃德娜——他说如果想和他打算投奔的那位绅士在韦拉克鲁斯会合的话，就必须搭乘什么什么轮船，在哪天哪天驶离新奥尔良；比尔德莱特今晚要用帆船往城里运蔬菜，正好给他提供了进城赶上那班轮船的机会。

"但你什么时候决定要这么做的呢？"法瑞尔先生问。

"今天下午。"罗伯特答道，显得有点不耐烦。

"今天下午什么时候呢？"老绅士不厌其烦地继续追问，活像是在法院里审犯人。

"下午四点，法瑞尔先生。"罗伯特高傲地扬声回答，让埃德娜想起了戏台上的演员。

她强迫自己喝掉了大半碗汤，此刻正用叉子拨弄汤里的小块食材。

那对情侣趁着大家谈论墨西哥的当口小声嘀咕着只有他们自己才觉得有趣的事。黑衣女人曾收到两串新奇的墨西哥工艺念珠，据说那两串珠子有很特殊的赦免作用，不过她从来没搞清楚它们在墨西哥以外是不是同样有效。大教堂的弗切尔神父曾试图给她解惑，但总不能让她满意。她恳求罗伯特关心一下这个问题，如果可能的话，也请他了解一下她能否享有那两串巧夺天工的墨西哥念珠上附带的赦免权。

拉蒂诺尔太太希望罗伯特和墨西哥人打交道时提起十万分小心，她觉得墨西哥人奸诈危险、寡廉鲜耻、有仇必报，而且坚信这样批评那个民族恰如其分。不过实际上她只认识一个墨西哥人，那人卖绝好的玉米粉蒸肉，说话温柔，曾经深得她的信任。结果有一天，他因为捅了自己的妻子而被捕了。不知道后来有没有被绞死。

维克多越来越疯癫,想要讲个关于墨西哥姑娘的趣事,这姑娘有年冬天在王妃街①的一家餐馆里卖热巧克力。除了法瑞尔老先生之外没人在听他讲,只有老人家被这个滑稽故事逗得乐不可支。

埃德娜不知道他们是不是都疯了,语速那么快地大吵大嚷。她自己就想不起什么关于墨西哥或墨西哥人的话来说。

"你几点走?"她问罗伯特。

"十点。"他答道。"比尔德莱特想等月亮出来再走。"

"都准备好了吗?"

"差不多了。我只拿一个手提包,到了城里再置办行李。"

他转身回答他妈妈的问题。埃德娜喝完了咖啡,起身离开餐桌。

她直接回自己屋里。关上门窗,小别墅里又拥挤又闷热。但她毫不在乎,屋里似乎有千百种活计等着她料理。她摆好洗脸架,抱怨正在隔壁房间哄孩子睡觉的保姆粗心大意。她收起搭在椅背上的衣服,放回衣橱和抽屉里,接着换了一件更舒适宽大的睡袍,重新整理了头发,格外有精力地梳了一遍又一遍,然后到隔壁房间去帮保姆哄孩子们睡觉。

两个孩子顽皮得很,想要聊天——干什么都行,就是不想安安静静躺下睡觉。埃德娜打发保姆去吃晚饭,告诉她不用回来了。然后她自己便坐下给孩子们讲故事。这非但没安抚到他们,反而让他们更兴奋了。她把他们扔在那里,任凭他们争论不休,猜测妈妈保证明天讲完的故事的结局。

---

① 王妃街:新奥尔良街道。

勒布伦家的黑人小姑娘进来说，勒布伦太太想请蓬特利尔太太过去，和他们一道在大宅坐会儿，直到罗伯特先生离开为止。埃德娜说自己已经脱了衣服，身体有点不舒服，可能晚点儿再过去。她又开始穿衣服，甚至脱掉了睡衣，但是又改变了主意，重新穿上睡衣，走出去坐在门口。她心烦意乱，胡乱扇了一通扇子。这时，拉蒂诺尔太太走过来看出了什么事。

"餐桌那边又嘈杂又混乱，让人心烦，"埃德娜说，"另外，我讨厌突如其来的事。罗伯特这么突然地说走就走，简直不可思议！就像生死攸关一样！整个上午都和我在一起，结果居然一个字也没提。"

"是啊，"拉蒂诺尔太太同意道。"我觉得这样做对我们所有人来说——尤其是对你来说——太欠考虑了。换了其他谁我也不会吃惊；勒布伦家的人说话做事都夸张、极端。但我必须得说我从没想过罗伯特会做这种事。你过来吗？来吧，亲爱的。你这样做看着不友好。"

"不，"埃德娜有点不悦地说，"换衣服太麻烦了。我不想这么麻烦。"

"不用换；你看起来挺好的，系条腰带就行。看看我不也一样吗？"

"还是不了，"埃德娜坚持道。"你去吧，要是我们都不去，勒布伦太太可能会生气的。"

拉蒂诺尔太太给了埃德娜一个晚安吻就离开了，她其实很渴望赶快加入大家热烈的讨论中，他们还在聊墨西哥和墨西哥人的事情。

稍晚的时候，罗伯特来了，手里提着包。

"你不舒服？"他问。

"哦，还行。你就要走了？"

他点燃一根火柴,借着光看了看表。"再过二十分钟。"他说。火柴倏忽一闪的光芒衬得夜色更加浓郁。他坐在孩子们扔在廊下的一张小凳上。

"搬把椅子吧。"埃德娜说。

"这样就行。"他答道,把柔软的帽子戴在头上,又紧张地摘下来,掏出手绢抹了一把脸,埋怨天气太热了。

"拿着这把扇子。"埃德娜边说,边把扇子递给他。

"哦,不!谢谢。扇子解决不了什么问题;总不能一直扇吧,一停下感觉更难受。"

"男人就爱这么胡说八道。我从没听过哪个男人不这么说的。你要去多久?"

"永远,也许吧。我也不知道。这要视情况而定。"

"那么,如果不是永远,会是多久呢?"

"我不知道。"

"在我看来,这简直荒谬透顶,一点必要也没有。我不喜欢这主意。真不知道你三缄其口、神秘兮兮到底为了什么,今天上午一个字都没和我说。"

他缄默着,丝毫不为自己辩解。过了一会儿,他才简单地说:"别带着怨气和我告别。你从来没对我不耐烦过。"

"我也不想带着怨气告别,"她说。"但你难道不懂?我已经习惯看见你了,习惯你时时刻刻都陪在我身边,可你的行为却不友善,甚至可以说是冷血无情。你连个借口都没给我。亏我还想着要和你在一起,想着今年冬天在城里见到你该有多开心。"

"我也是这么想的,"他脱口而出。"可能那就是……"他突然站了起来,伸出手。"再见了,我亲爱的蓬特利尔太太,再见。你不要——我希望你不要把我忘得一干二净。"

她紧紧握住他的手,努力挽留他。

"到了那边给我写信好吗,罗伯特?"她恳求道。

"我会的,谢谢。再见。"

多不像罗伯特啊!对于这样的请求,只有几面之缘的人也会说点更动听的话,而不仅仅是"我会的,谢谢。再见"。

他明显已经和大宅里的人道过别了,因此直接走下台阶去找比尔德莱特,后者正在那儿等着他,肩上扛着一把桨。他们在黑夜中渐行渐远。她只能听到比尔德莱特的声音;显然罗伯特见到他的同伴时,连声招呼也没打。

埃德娜感觉自己全身痉挛,咬着手绢竭尽全力克制自己,试图把那一阵阵心乱如麻、撕心裂肺的感觉都掩埋在心底,让任何人——哪怕是她自己也不能窥见半分。泪水盈满了她的眼眶。

她第一次重新体会到了自己童年时、豆蔻时、少女初长成时曾有过的最初的痴恋。尽管新觉醒的爱情可能并不稳固,但即使这样也无法削弱现实或者缓解真相揭露带来的刺痛。过去对她来说算不了什么,没给她提供任何可以借鉴的经验。未来神秘莫测,她从未试图参透。只有现在才是有意义的,是属于她的,折磨着她,让她明白一个锥心的事实:曾经拥有的已然失去,而新觉醒的、充满激情的自我所想要的东西却又求而不得。

第十六章

"你是不是很想念你的朋友啊?"一天早上,埃德娜从小别墅往海滩走时,赖斯小姐蹑足跟上来问道。好不容易学会了游泳,埃德娜大部分时间都待在海里。格兰德岛的假期即将结束,她觉得在这项唯一真正给她带来快乐的消遣上花多少时间也不够。当赖斯小姐走过来,拍着她的肩膀和她说话时,似乎一下子道出了长久以来萦绕在她脑中的思绪;甚至可以说,点明了一直盘踞在埃德娜心中的情感。

罗伯特的离去莫名地让一切事物顿失颜色,变得暗淡无光、索然无味。她的生活没有分毫改变,但她整个人都无精打采的,就像是褪色的华服,不堪再穿。她无时无刻不在寻找他的影子——和别人聊天时,她总把话题扯到罗伯特身上。上午，她到勒布伦太太房里去，不惜忍受老式缝纫机的咔嗒声。她就像罗伯特以前一样坐在房间里，不时和勒布伦太太说说话。她目不转睛地盯着四壁上挂着的画和照片，还在某个角落里发现了一本旧家庭影集，她兴致勃勃地一页一页翻看，让勒布伦太太给她讲照片里的人们的故事。

有一张照片是勒布伦太太和婴儿时期的罗伯特的合照，小罗伯特坐在母亲膝头，小脸儿圆嘟嘟的，一只小拳头塞在嘴里面，只有眼睛能让人联想到他长大以后的样子。还有他五岁时穿着苏格兰短裙，头戴长长的卷发，手握一条小皮鞭的照片。这张照片把埃德娜逗乐了，另外一张小像也让她笑得挺欢，上面罗伯特穿着他的第一条长裤。此外，还有一张照片让她很感兴趣，那是罗伯特上大学前拍的，看起来非常瘦削，脸型狭长，眼睛里闪耀着火焰般的光芒，眼神踌躇满志。但影集里没有近照，没有一张照片显示着五天前离开的那个罗伯特的样子，他走了，留下一片空虚和困惑。

"哦，自打要他自己付账，罗伯特就不拍照片啦！他说他的钱有更好的用法。"勒布伦太太解释道。她收到了一封罗伯特的来信，是他离开新奥尔良前写的。埃德娜想看看信，勒布伦太太让她在桌子上和梳妆台上找找，都没有的话，那也可能在壁炉架上。

信在书架上。它攫取了埃德娜的全部兴趣和注意力：信封的样子、形状和大小、邮戳、字迹，拆信前，她仔仔细细把信封上的所有细节都看了个遍。信里只有寥寥数行，说他当天下午就要离开新奥尔良了，行李也已准备妥当，还说自己身体很好，送上他的爱，请勒布伦太太代他向大家致以诚挚的敬意。信里没有给埃德娜的特殊讯息，只是附言里提到，如果蓬特利尔太太想要读完那本他一直为她朗诵的书的话,勒布伦太太可以在他房里找到那本书,它就和其他书一起放在桌面上。埃德娜感到一阵嫉妒的折磨,因为罗伯特给他母亲写了信,却没有给她写。

所有人似乎都觉得埃德娜思念罗伯特是理所当然的。甚至在罗伯特离开后的那个周六,她的丈夫蓬特利尔先生到岛上来时,也向她表达了遗憾之情。

"没有他你可怎么办,埃德娜?"他问。

"没他真无聊死了。"她承认道。蓬特利尔先生在新奥尔良见过罗伯特,于是埃德娜问了他一打问题。在哪儿遇上的?在卡龙德莱特街,早上遇见的。他们去喝了一杯,一块儿抽了支雪茄。聊了点什么?主要就是谈他在墨西哥的发展前景,蓬特利尔先生认为前途远大。他看上去怎么样——是严肃、开心,还是别的什么样子?挺高兴的,满脑子都是他的墨西哥之旅,蓬特利尔先生觉得这对于一个将要到异国他乡寻找发迹机会的小伙子来说再自然不过了。

埃德娜不耐烦地跺着脚,不明白为什么孩子们明明可以在树下玩儿,却偏要跑到太阳下面去。她走过去把孩子们带到阴凉处,指责保姆不用心。

她一点儿没觉得把罗伯特作话题,引她丈夫谈论有什么不妥。她面对罗伯特时敏感多情,对待她丈夫却截然不同,那种感觉她从未在她丈夫身上体验过,也从没期望体验到。她一生都习惯于把自己的想法和感情埋在心底,不让它们流露出来。它们也从来没有挣扎过,这些想法和感情都是她自己的,她觉得自己有权处理它们,除了自己外,她的情绪不干任何人的事。有一次,埃德娜对拉蒂诺尔太太说,她永远不会为了孩子或是任何人牺牲自己。为此她们激烈地争论了一番,谁也不能理解谁,就像鸡同鸭讲。埃德娜试图缓和她朋友的情绪,解释自己的观点。

"我愿意放弃那些不重要的东西,我愿意为孩子们奉献金钱和生命,但我不能放弃自我。我不能说得再清楚了,这是我最近才开始领悟的东西。"

"我不知道在你眼里什么才是重要的,什么是不重要的,"拉蒂诺尔太太愉快地说,"但是女人能为孩子奉献生命,已经算是竭尽所能了啊,除此以外还能牺牲什么呢——《圣经》就是这么说的。我敢肯定这已经是我的极限了。"

"哦,你当然能做得更多!"埃德娜笑道。

那天早上,赖斯小姐跟着她走向海滩,拍着她的肩膀问她是否很想念她的年轻朋友时,埃德娜丝毫不感到惊讶。

"哦,早上好,小姐,是你呀!嗯,我当然想念罗伯特。你要去游泳吗?"

"整个夏天我都没下过水,为什么到了季末反而要去游泳呢?"赖斯小姐不快地说。

"请你原谅。"埃德娜有点儿难堪地说道,她本应该记得,赖斯小姐不下水的事儿已经是大家闲谈时的笑料了。有人认为,赖斯小姐不下水是因为她的假发,或者是担心弄湿头发上的紫罗兰;有的人则说怕水是艺术家的天性。赖斯小姐从口袋里掏出一些用纸袋子装着的巧克力递给埃德娜,借此表示自己并不介意。她有吃巧克力的习惯,因为它们顶饿,她说巧克力虽然块小,但是营养丰富。勒布伦太太餐桌上的食物简直难以下咽,巧克力让她不用忍饥挨饿,除了像勒布伦太太这样的粗鄙女人,哪有人好意思端上这种菜来,还要人付账。

"儿子不在,她一定很寂寞,"埃德娜说,想换个话题,"而且还是她最喜欢的儿子。放他走肯定很不容易。"

赖斯小姐不怀好意地笑了。

"她最喜欢的儿子!哦,亲爱的!谁编了这么一套谎话说给你听啊?艾琳·勒布伦活着就是为了维克多,一心一意为了维克多。把他娇惯成这么个不成样子的东西,把他放在心尖儿上宠着惯着,连他踩过的地面都是好的。从某种程度上说,罗伯特把他赚的所有钱都贡献给那个家了,自己留下的少之又少。最喜欢的儿子,还真是!我很想念那个可怜的小伙子,亲爱的。我喜欢在这儿看到他,听他讲话,他是勒布伦家唯一一个值得尊敬的人了。他常常到城里来看我。我喜欢给他弹琴。那个维克多!绞死都算是好的。我真不明白罗伯特怎么没一早把他打死。"

"我觉得罗伯特对兄弟非常有耐心。"埃德娜说。她很高兴又有机会说起罗伯特,不管说什么都好。

"哦,他一两年前曾狠狠揍过维克多一顿,"赖斯小姐说,"因为一个西班牙姑娘。维克多觉得那姑娘是自己的。有一天,他碰到罗伯特和那女孩讲话,要不就是和她散步还是游泳,或者是帮她提篮子——我记不清楚了——就破口大骂起来,罗伯特当场就把他打得不轻,让他好好老实了一阵子。现在差不多又到他要折腾的时候了。"

"那女孩是叫玛丽琪塔吗?"埃德娜问。

"玛丽琪塔——对,就是她;玛丽琪塔。我都忘了。哦,狡猾的小丫头、坏姑娘,那个玛丽琪塔!"

埃德娜低头看着赖斯小姐,不明白自己为什么听她讲了这么久的坏话。她感到莫名的沮丧,几乎有点不快。她已经不想下水了,但还是换上泳装，留下赖斯小姐一个人坐在孩子们遮阳篷的阴影里。季节流转，水温渐凉。埃德娜扎入水中肆意游动，那种无拘无束的感觉让她兴奋异常，精力充沛。她在水中游了很久，抱着一丝也许赖斯小姐不会等她的希望。

但赖斯小姐一直等着。回去的路上，她十分亲切，热烈赞美埃德娜穿泳装的样子。她谈到了音乐，希望埃德娜回城后能去看她。还从口袋里翻出来一张小卡片，用一根铅笔头在上面写下了自己的地址。

"你什么时候走？"埃德娜问。

"下周一，你呢？"

"下下周，"埃德娜答，接着又说，"这真是个愉快的夏天，对不对，小姐？"

"嗯，"赖斯小姐耸肩表示同意道，"很愉快，要是没有蚊子和法瑞尔家的双胞胎的话。"

第十七章

蓬特利尔夫妇在新奥尔良的滨海大道①有一个非常漂亮的家。那是一座面积很大的双层别墅，带有宽敞的前廊，廊上立着的圆凹槽柱支撑着房子的斜顶。别墅漆成耀眼的白色，外面的百叶门窗被刷成绿色。整洁干净的院子里种植着各种生长在南路易斯安那的花卉植物。屋内的陈设是传统样式，可谓尽善尽美。松软的地毯和毛毡覆盖着地板；门窗上悬挂着华贵雅致的帷幔。墙上挂着精心甄选出来的画作。雕花玻璃、银器、桌面上日常铺着的厚重锦缎让众

---

① 滨海大道：19世纪重要的商业大道，通向庞恰特雷恩湖和密西西比河。现在，滨海大道上仍然矗立着许多19世纪的建筑，对于路易斯安那州的克里奥尔人来说，这条街就是"百万富翁街"。

多女子艳羡不已,她们的丈夫可没有蓬特利尔先生那么慷慨。

蓬特利尔先生很喜欢在自己的房子里来回走走,查看各种陈设和细节,好确定一切都完美无瑕。他很看重他的财产,主要因为它们都归他所有,在凝视一幅画、一个小雕像、一条罕见的蕾丝窗帘,或者随便什么他给家里添置的珍贵物件时,他都能从中得到真正的快乐。

每逢周二下午——周二是蓬特利尔太太的会客日——来访者总是络绎不绝,小姐太太们坐着马车、电车前来拜访,如果天气晴好、距离也不远的话也会步行过来。一个肤色较浅的黑人混血小男孩儿穿着燕尾服,托着装拜谒函的小银盘在门口迎接宾客。一名头戴白色褶皱小帽的女仆为有需要的宾客奉上利口酒、咖啡或巧克力。蓬特利尔太太则身着华丽的会客礼服,整个下午都在客厅里招待客人。男宾客有时会在晚上携妻子造访。

结婚六年来,蓬特利尔太太一直谨守这个规矩。平时晚上,她和她丈夫偶尔会去听歌剧或者看戏。

蓬特利尔先生早上九、十点钟出门,下午不到六点半、七点一般不会回家——晚饭七点半开始。

从格兰德岛回来几周后,一个周二晚上,他和妻子两人单独坐在餐桌旁。保姆正在哄孩子们睡觉,时不时能听到孩子们逃下床,光着脚跑来跑去的脚步声,保姆提高嗓音叫他们睡觉,声音带着微微的抗议和恳求。蓬特利尔太太没有穿惯常的周二会客礼服,而是身着普通的家居服。蓬特利尔先生对这种事一向观察敏锐,在盛完汤并把剩下的递给服侍的男佣时就注意到了。

"累坏了吧,埃德娜?今天接待了谁?访客很多吗?"他问。他尝了一口汤,开始往里放辣椒、盐、醋、芥末——所有他能够得着的佐料。

"很多，"埃德娜答道，她喝着汤，一派心满意足的样子，"我出门去了，回家时看到了她们的卡片。"

"出门了！"她丈夫叫道，着实有些惊愕，他放下醋瓶，透过眼镜看着她，"怎么了，为什么周二出门？你有什么非办不可的事？"

"没什么。我只是觉得想出门，就出去了。"

"好吧，希望你交代了合适的理由。"她丈夫说道，不知为何态度缓和下来，又往汤里加了一点儿辣椒。

"没，我没交代什么理由。我跟乔说我出去了，就这样。"

"啊？亲爱的，我觉得你应该明白，这可不是现在人们的处世之道；要是我们想提高社会地位，跟上潮流，那就得遵守社交礼仪[①]。要是你觉得你今天下午必须出门，就应该给出合理的解释。

这汤真没救了；真奇怪，那厨娘到现在还没学会做一道拿得出手的汤。镇上随便哪个免费午餐点的汤都比这个好喝。贝尔斯罗普太太来过吗？"

"乔，去把放拜谒函的盘子端来。我不记得谁来过了。"

男孩退下去，不一会儿就回来了，端着小银盘，银盘上放满了女士们的拜谒函。他把它递给蓬特利尔太太。

"给蓬特利尔先生。"她说。

乔把盘子递给蓬特利尔先生，撤掉了汤。

蓬特利尔先生浏览了他妻子的访客的名字，把其中一些名字大声念了出来，边念边发表意见。

---

① 原文为法文。

"'德拉斯达斯家的小姐们。'我今天上午跟她们的父亲做了一大笔期货买卖;好姑娘们;是时候该嫁人了。'贝尔斯罗普太太。'我跟你说埃德娜,怠慢了贝尔斯罗普太太你可担待不起。哦,贝尔斯罗普能把咱们买来卖去十来遍。他的生意对我来说可是一笔巨款。你最好给她写张条。'詹姆斯·海坎普太太。'呼!你越少和她打交道越好。'拉弗斯太太。'也是大老远从卡罗尔顿①赶来的,可怜的老太太。'威格斯小姐。''埃莉诺·博尔顿太太。'"他把卡片推到一边。

"天哪!"埃德娜喊道,她已经气坏了,"你为什么这么看重这事,这样小题大做?"

"我不是小题大做。就是这些看似鸡毛蒜皮的小事,我们才应该尤其注意;这样的事往往关乎成败。"

鱼烤焦了。蓬特利尔先生一口也不肯碰。埃德娜说她倒是不在乎一点小小的糊味。烤肉不知为何不对他的口味,他也不喜欢蔬菜的烹调方法。

"在我看来,"他说,"我们在家用上花的钱足够每天吃上至少一顿可以下咽,能够维持体面的饭。"

"你原来还觉得这个厨师是个宝呢!"埃德娜漠不关心地回嘴。

"她刚来时可能是的;但厨娘也是人啊。他们得有人看着,就像是你雇的其他人一样。假如我在办公室里不看着职员,让他们恣意妄为,那用不了多久,他们就得把我和我的生意搅得一团糟。"

"你要去哪儿?"看见她丈夫从桌边站起身来,埃德娜问道。除了抿了一点放了大量佐料的汤外,他一口东西也没吃。

---

① 卡罗尔顿:新奥尔良市西部的一个村庄,后纳入该市管辖。

"我要去俱乐部吃晚餐。晚安！"他走进门厅，从架子上拿了帽子和手杖，离开了家。

她觉得这样的情景莫名的熟悉。它们曾屡次让她十分不快。有几回，她完全没有了继续吃晚餐的兴致。有时候，她会到厨房去斥责厨子一番，尽管为时已晚。曾有一次，她回房去研究了一整晚的烹饪书，最后列出了一周的菜单，因为觉得自己终归没有做好一个像样的女主人而心烦不已。

但是这个晚上，埃德娜强作从容，独自吃完了晚餐。她两颊晕红，眼睛熠熠生光，仿佛是被内在的火焰点亮了。吃完晚餐后，她回到房里，告诉男佣她身体不适，不便见客。

卧室宽敞漂亮，灯芯被女佣拨得低低的，微弱柔和的灯光下，屋子显得越发华丽、别致。埃德娜伫立在一扇打开的窗前，望着下面暗影交错的花园。夜晚所有的邪魅莫测似乎都汇集在幽幽香气里，凝聚在花与叶纠缠的昏暗轮廓中。她寻找着自我，发现自己就置身于这样的甜美和半明半暗里，这种氛围正合她的心境。但是从黑暗里、天幕上、繁星中传来的声音却不能使她感到安慰。它们嘲弄着她，奏响哀伤的调子，不给任何许诺，甚至连希望都匮乏。她转身回到房中不停地来回踱步。手中攥着的薄手绢被她撕成了布条，团成一个球扔了出去。有一次，她停下脚步，撸下结婚戒指，把它丢在地毯上。而看见它静卧在地上，她又用力踩上去，想要把它碾碎。但她小巧的鞋跟在那个闪闪发光的戒指上一个缺口都没弄出来，甚至都没有留下任何印记。

盛怒之下，她从桌上抓起一只玻璃花瓶，砸向壁炉的瓷砖。她想毁掉点什么。撞击和碎裂的声音正是她想听到的。

一个女佣被玻璃破碎的声音吓了一跳，进屋来看发生了什么事。

"一只花瓶掉到壁炉地面上了,"埃德娜说,"不要紧,明天早上再收拾吧。"

"哦!碎玻璃可能会扎伤脚的,太太,"年轻姑娘坚持道,把地毯上散布的玻璃瓶的碎片捡了起来,"您的戒指,太太,在椅子下面。"

埃德娜伸出手,接过戒指,套在指头上。

第十八章

第二天早上,蓬特利尔先生上班前问埃德娜愿不愿意和他在市区碰面,一道去给藏书室挑选灯具。

"我觉得我们不需要新灯具,莱昂斯。我们别买新东西了,你太奢侈了。我觉得你从来没想过要节约一点,存些钱。"

"亲爱的埃德娜,钱是挣出来的,不是省出来的。"他因她不愿意一起去挑选新装饰而感到扫兴。他给了她一个告别吻,说她脸色不太好,一定要照顾好自己。埃德娜的脸色苍白得不正常,人也蔫蔫的。

蓬特利尔先生离开的时候,埃德娜站在前廊里,心不在焉地从身旁的花架上摘下几支茉莉。她呼吸着花朵的芬芳,把它们猛地抱进怀里,贴在白色晨衣的胸口。孩子们在人行道上拖着一辆小货车玩儿,小车上塞满了积木和小棍。保姆踩着小碎步急急跟在他们身后,特意显出精力旺盛、手脚麻利的样子。一个水果贩在街上叫卖。

埃德娜直直地望着前方,沉浸在自己的世界中。周遭所有她都不感兴趣。街道、孩子、水果贩、眼底盛开的鲜花,无一不是另一个陌生世界的重要部分,突然和她格格不入起来。

埃德娜回到别墅里。她原本打算和厨子谈谈昨晚的失误,这种事情她只能勉强胜任,但是蓬特利尔先生替她省去了这个麻烦。蓬特利尔先生训斥雇员的时候,总是很有说服力。离开家的时候,他很有信心当天晚上,甚至连续几天晚上,他和埃德娜都可以坐下来吃上一顿像样的晚餐。

埃德娜花了一两个小时翻阅她从前的素描作品。她可以看到每张作品的缺点和不足,每个瑕疵都无比刺目。她试着改了改,但是发现自己不在状态。最后,她挑出几张自认为最能拿得出手的,过了一会儿,她换过衣服,带着这些画出了门。身着外出服的她端庄大方,雍容华贵。度假时在海滩晒黑的皮肤已经变白,她的额头光洁白皙,在棕黄色浓密发丝的衬托下玲珑有致。埃德娜脸颊上有几点雀斑,靠近下唇处有一颗暗色小痣,太阳穴附近也有一颗,半掩在发丝下。

走在街上时,埃德娜一直想着罗伯特。她仍为那份爱恋神魂颠倒。她心知肚明,这段感情纵使铭心刻骨也只能徒增怅惘,所以也曾试着去遗忘,但对他的留恋时时刻刻对她紧追不放,让她像着了魔一样。她怀念的不是他们相处的点滴,抑或他性格的某一方面,占据她脑海的是他的整个人、他的存在。有时候这种热望会退去,仿佛即将融入忘却的迷雾;有时又会如疾风骤雨般卷土重来,刹那间让她心中盈满无尽的渴望。

埃德娜朝拉蒂诺尔太太家走去。她们在格兰德岛建立的亲密友谊丝毫未减,回到城里后也常常见面。拉蒂诺尔家和埃德娜家相距不远,就在一条辅路的拐角处。拉蒂诺尔先生子承父业,在那里经营着一家药店,生意稳定、兴隆。他在社交圈里人缘很好,因为为人正直、明辨是非而声誉斐然。拉蒂诺尔家住在店铺楼上宽敞的公寓里,在车辆门道的一侧有一个入口。埃德娜觉得,这家人的整体生活方式上有些特别法式的地方,很有异国风情。在横贯整个房子的漂亮大客厅里,拉蒂诺尔一家每隔一周就会举办一次音乐晚会招待朋友,有时候也会召集牌局。他们有一个朋友会拉大提琴,一个会吹长笛,一个会拉小提琴,一个会唱歌,此外还有很多品位各异、水平参差的人会演奏钢琴。拉蒂诺尔家的音乐晚会声名在外,获邀参加是一件很荣幸的事。

埃德娜进门时没有通报,正巧赶上拉蒂诺尔太太在整理早上洗衣店送回来的衣服。一见到埃德娜,她马上把手里的活计丢下。

"这事西黛做得和我一样好,这本来就是她的活儿。"她向埃德娜解释道,后者因为打扰了她而表示歉意。然后她叫来一个年轻的黑人姑娘,用法语指示她仔细照着交给她的单子检查,尤其要注意上周拉蒂诺尔先生不见了的上好亚麻布手绢这周有没有送回来,并确保需要缝缝补补的衣服都单独放在一边。

然后,拉蒂诺尔太太一只手环着埃德娜的腰,把她带到前屋客厅里,那里很凉爽,壁炉上的花瓶里插着大朵盛放的玫瑰,香气四溢。

拉蒂诺尔太太比以往任何在家的时候都美。她身着一件家居服,双臂几近赤裸,露出颈前丰润优美的线条。

"也许哪天我能给你画张像。"她们坐下时,埃德娜笑着说道。她展开那卷素描。"我想我应该继续画画。我感觉自己想做点事情。你觉得这些画怎么样?值得我重新拿起画笔,再多学点东西吗?我可能会跟着莱德坡学一段时间。"

她明白拉蒂诺尔太太对此事的看法不会对她产生什么影响,她不但已经做出了决定,而且是下定决心要学绘画;但是她想听一些赞美和鼓励,好帮助她全心全意投入到这项事业中。

"你真的太有才华了,亲爱的!"

"没有的事!"埃德娜反驳道,心里却相当高兴。

"太有才华了,我跟你说,"拉蒂诺尔太太坚持道。她一张一张细看那些素描,先凑近了观察,再伸长手臂把画举到远处看,眼睛眯起来,头歪向一边。"一点也没错,这幅巴伐利亚的农夫值得装裱起来;还有这篮子苹果!我从来没见过更逼真的了,看了都想伸手去拿一个呢。"

听着她朋友的溢美之词,埃德娜情不自禁有点自鸣得意,甚至开始觉得自己的画儿真的像拉蒂诺尔太太说的那么好了。她收起几幅素描,剩下的全给了拉蒂诺尔太太。拉蒂诺尔太太对这份礼物的感激远远超过了它们本身的价值,过了一会儿,她丈夫从店里上来吃午饭时,还骄傲地展示给他看。

拉蒂诺尔先生是那种被称为"社会精英"的人。他总是兴高采烈的,与他心地仁善、通情达理的性格相得益彰。他和他妻子说英语的时候都带一点口音,只有从非英语式的重音上和刻意的小心谨慎上才听得出来,不过埃德娜的丈夫说英语的时候一点口音都没有。拉蒂诺尔夫妇心灵相通。如果说地球上有两个人的灵魂能够融为一体,那一定是他们夫妇俩。

埃德娜和他们一道在桌边坐下时想,"最好只有蔬菜。"尽管没过多久,她就发现午餐跟素食压根不沾边,但是味道很好,简单精致,无论哪个方面都让人满意。

拉蒂诺尔先生很高兴见到埃德娜,他发现她的气色不像在格兰德岛上时那么好,建议她吃点补药。他谈论的话题又多又杂,说了一点政治,又讲了几条城里的新闻和坊间的传言。他说话时态度真诚、兴致高昂,使得他嘴里吐出的每个音节都更掷地有声。无论他说什么,他妻子都很感兴趣,不时把叉子放下以便听得更清楚,偶尔应声附和,或者直接说出他要说的话来。

离开他们的时候,埃德娜非但没有得到安慰,反而觉得压抑。对于和谐家庭生活的一瞥没有让她对自己的生活感到任何遗憾,也没有让她产生任何向往。这种生活方式不适合她,她从中发现的只是可怕而无望的厌倦感。她心底涌现出一股对拉蒂诺尔太太的同情——那种苍白的存在让拉蒂诺尔太太从未超越盲目的满足,从来没有一刻,她的灵魂遭遇过深切的痛苦或是品尝过生命的狂喜。埃德娜模模糊糊地琢磨着什么才算是"生命的狂喜"。这个词在她脑海中划过,就像一个不期而遇、横空出现的幻影。

第十九章

踩结婚戒指、摔碎壁炉上的水晶花瓶真是太愚蠢、太幼稚了，埃德娜不由自主地想。从那以后，她再没产生过那样的冲动，以致做出毫无意义的傻事。她开始按照自己的喜好行事，跟着感觉走。她完全不理会家里周二的会客日了，也没有回访过任何客人。她也不徒劳地努力做一个操持家务的好主妇了，而是随心所欲、来去自由，只要在能力范围内，就尽可能把任何心血来潮的短暂想法都身体力行一番。

只要妻子默默顺从，蓬特利尔先生就是个彬彬有礼的好丈夫。但埃德娜出乎意料的新举动彻底让他抓狂了。他深感震惊。接着，埃德娜完全罔顾为人妻子的责任的行为激怒了他。随着蓬特利尔先生变得粗鲁，埃德娜也开始无礼。她已经下定决心一步不退。

"在我看来,身为一个家庭的女主人、孩子们的母亲,不为全家的舒适费心,却一天到晚待在画室里,简直太荒唐了。"

"我想画画,"埃德娜回答,"没准哪天我就不想画画了。"

"看在上帝的份上,那你就画!但是也别让咱们家完蛋了呀。看看拉蒂诺尔太太,她爱好音乐,但也没任由别的事乱作一团。比起你的绘画才能,她还更像一位音乐家呢。"

"她不是音乐家,我也不是画家。我不管那些事儿,和画画无关。"

"那和什么有关?"

"哦!我不知道。让我一个人待会儿,你让我心烦。"

有时候,蓬特利尔先生会想,他妻子是不是有点精神失常了。他能明显看出,她不是从前那个她了。但他却领悟不到,她其实正在回复真正的自我。就像穿衣服一样,我们出现在世人面前时都会掩藏真实的自己,而埃德娜却每天都卸掉一点虚假的伪装。

应她的要求,蓬特利尔先生留下她一个人,自己去办公室了。埃德娜则去了楼上的画室——别墅顶层一个明亮的房间。她绘画的时候精力充沛、兴致勃勃,虽然没有取得什么成就,但却打从心底里心满意足。有一段时间,她把家里的所有成员都弄来为艺术服务。男孩儿们为她摆姿势。刚开始,他们还觉得很有趣,但是当他俩发现这并不是为了逗他们玩而特意设计的游戏时,这差使就迅速失去了吸引力。保姆在埃德娜的画板前一坐就是好几小时,耐心堪比野蛮人,此时孩子们便归女佣照顾,结果客厅就无人清扫。但是就连女佣也免不了要做一回模特,因为埃德娜发现这位年轻女士的肩背线条很具古典美,在除掉帽子，把头发披散下来后，她的发丝让人灵感迸发。埃德娜绘画时，有时会低声哼唱，"啊！如果你知晓！"

绘画触动了她的回忆。她能再次感受水波潺潺，船桨轻摇。她能看见海湾上空灿然生辉的明月，感受到带着热气的南风一阵阵轻柔拂过。一股细微的渴望的电流穿过她的身体，让她几乎握不住画笔，灼痛了她的眼睛。

有时候，她会莫名的欣喜。当她沐浴在璀璨的阳光中，欣赏着斑斓的色彩，闻嗅着花朵的芬芳，感受着南部天气晴好时浓浓的暖意时，她深深为自己能够活着呼吸感到幸福。每逢此时，她都喜欢独自一人到陌生的地方漫步，迄今为止她已经找到了不少阳光灿烂、适合打盹做梦的角落，发现了天马行空地幻想和远离尘嚣的美妙。

有的时候，她也会无故哀伤——觉得死生悲喜都不值一哂，生活好比群魔乱舞，人类就像虫子一样，盲目地挣扎着爬向不可避免的毁灭。在那种时候，她没法画画，也编织不出搅乱她的脉搏、温暖她的血液的美梦。

第二十章

　　就是在后一种情绪中，埃德娜开始寻找赖斯小姐。她还没有忘记最后一次见面时的不快；但仍然感受到想和她见面的冲动——尤其是想听听她弹钢琴。刚到下午，她就开始寻找这位钢琴家。不幸的是，她找不到赖斯小姐的卡片了，于是便在黄页里翻找她的地址，发现她住在贝因威尔大街①上，离埃德娜家颇有一段距离。但是，埃德娜手里的黄页是去年甚至更久以前的版本了，当她到达黄页上写的地址时，发现房子的主人是一个体面的黑白混血家庭，出租带家具的房子，已经在那儿住了六个月了，对赖斯小姐一无所知。实际上，他们对任何邻居都不甚了解；他们

---

① 贝因威尔大街：新奥尔良法区对面的一条街道，通往船坞。

向埃德娜保证自己的房客都是最上等的人。埃德娜没有逗留在那里和波旁太太讨论阶级差异的问题,而是赶快跑到附近的杂货店去,觉得赖斯小姐一定会给店老板留下自己的新地址。

杂货店老板告诉埃德娜,关于赖斯小姐,他了解的可比她想知道的多多啦。实际上,他情愿根本没认识过这个人,也不知道和她有关的任何事儿——赖斯小姐是在贝因威尔大街上住过的最不讨人喜欢、最难相处的人。感谢上苍她总算搬走了,感谢大地他不知道她搬到哪儿去了。

意料之外的困难让埃德娜十倍地想见赖斯小姐。正当她琢磨着谁能给她提供线索的时候,突然想到勒布伦太太是最有可能知道的人。去问拉蒂诺尔太太就是白费力气,她和赖斯小姐交情最浅,情愿对赖斯小姐一无所知。有次谈起这个话题,她表态的语气强烈得几乎和杂货店老板不相上下。

时值十一月中旬,埃德娜知道勒布伦太太已经回到城里了,不仅如此,她还知道勒布伦一家的住处:沙特尔大街①。

勒布伦家从外面看就像是座监狱,门口和一楼的窗户外都装着铁栅栏,这些铁栅栏都是旧体制②残余下来的,但从未有人想过把它们拆掉。房子一侧,高高的围栏圈起了花园。朝向大街的门紧锁着。埃德娜按响了花园的门铃,站在人行道上,等着人来应门。

开门的是维克多。一个黑人妇女紧随其后,在围裙上抹着手。门还没开,埃德娜就听到了他们的争执声,那女人——明显异于常

---

① 沙特尔大街:新奥尔良法区的一条街道。
② 旧体制:指西班牙旧体制(1766—1803)。

人——要求履行自己的职责,其中之一就是开门。

维克多看到蓬特利尔太太时惊喜交加,毫不掩饰他的惊讶和欢欣。他是个长着浓眉毛,相貌俊秀的十九岁小伙子,样貌酷似他母亲,脾气却比她急躁十倍。他打发女佣立刻去通知勒布伦太太,蓬特利尔太太前来拜访。女佣抱怨着要是自己分内的事儿不能全部都做,那就什么都不干,转身到花园里拾起了刚刚撂下的除草的活计。维克多开始咒天骂地,但是因为骂得太快,话也不太连贯,埃德娜什么也没听懂。不管说的是什么,这一番漫骂十分奏效,女佣扔下锄头,嘟囔着进屋去了。

埃德娜不想进门。侧廊很可人意,廊下放着几把摇椅、一把柳条躺椅和一张小桌子。她坐了下来,走了一天,此刻她已经很疲倦了;她轻轻摇着,抹平丝质阳伞的褶皱。维克多把自己的椅子拽到她旁边。片刻不等地解释,女佣的无礼全是训练不足惹出来的,因为他没有在这儿手把手地教她。他是前天早上才从岛上过来的,明天就要回去了。他整个冬天都要待在岛上,把那儿打理好,准备迎接明年夏天的游客。

但是男人总要时不时找点乐子呀,他告诉蓬特利尔太太,每过一段日子,他就会编造个理由,好到城里来。天哪!昨天晚上玩得多开心!他可不想他妈妈知道。然后他就开始压低声音说话,眉飞色舞地回忆着。当然,他可不会毫无保留地告诉蓬特利尔太太,她是个女人,不懂那些事儿。事情是这样的,他在街上走着,一个姑娘从百叶窗后面望着他笑。天哪,不过她可是个美人儿!他当然也向她露出微笑,并且上前和她攀谈。要是觉得他会让这么个好机会白白溜走,那蓬特利尔太太真是一点儿也不了解他了。尽管埃德娜对这事有点轻蔑，这个年轻人还是逗得她很高兴。她的表情一定背叛了她，流露出了感兴趣或者开心的神色。因为小伙子愈发胆大了，要不是勒布伦太太及时出现，用不了多久，蓬特利尔太太就会发现她正在听一个过分渲染了的故事。

勒布伦太太和夏天一样，仍然穿着白裙。她的眼中满是欢迎的神情。蓬特利尔夫人怎么不进屋呢？要不要吃点点心？怎么没早点过来呀？亲爱的蓬特利尔先生和可爱的小不点们怎么样？蓬特利尔太太见过这么暖和的十一月吗？

维克多斜倚在他母亲身后的柳条躺椅上，从那里他能看见埃德娜的脸庞。和蓬特利尔太太说话的时候，他接过了她的阳伞，这会儿正仰躺在椅子上，把伞举在手里旋转着。勒布伦太太抱怨着回到城里真无聊死了，现在几乎见不到几个朋友，就连维克多偶尔从岛上过来待一两天的时候，他都有一堆事情要做。说到这里，小伙子在躺椅上歪扭着身子，向埃德娜顽皮地眨眼睛。不知为何，她觉得自己像他的共犯一样，只好努力做出严厉、不赞同的神色来。

他们告诉她，罗伯特只寄来过两封信，里面都只有寥寥数语。勒布伦太太让维克多进屋去找信，维克多却说实在没那个必要，信里面的话他都记着呢，接着就十分流利地背了出来。

一封信是从韦拉克鲁斯寄来的，另一封是从墨西哥城寄的。他已经见到了蒙特尔，那家伙正一门心思准备大展宏图。到目前为止，他的经济状况不比在新奥尔良好，但是前景就大不一样了。他写到了墨西哥城，那里的建筑和风土人情，以及他在那里的生活环境。向他的家人送上他的爱。他给他母亲寄来一张支票，希望她能代他向所有的朋友们问好。两封信的内容大致就是这些。埃德娜觉得要是罗伯特也给她写了信,那她早应该收到了。出门时那种沮丧之情再次涌上心头,她才想起此行的目的是打听赖斯小姐的住处。

勒布伦太太知道赖斯小姐住在哪里。她把地址交给埃德娜,很遗憾她不肯答应留下共度下午的时光,并客套地表示改天再去拜访赖斯小姐。此时,下午已经过了一半。

维克多把她送到人行道上,一边向汽车走去,一边为埃德娜撑起阳伞。他恳求她千万要记得,下午他俩的对话一个字也不能透露出去。她大笑起来,小小地戏谑了他一番,等到想起自己本该表现得庄重矜持时已经为时过晚了。

"蓬特利尔太太多漂亮啊!"勒布伦太太对她儿子说。

"迷人极了!"他赞同道,"城市的氛围把她衬托得更出众了。她几乎像换了个人一样。"

第二十一章

有人说，赖斯小姐总是租住顶层公寓是为了离乞丐、小贩和访客远远的。她的小起居室里有很多扇窗户，大部分都蒙着一层灰，但是因为窗子总是开着，脏点也不打紧。这些常年大开的窗户让烟尘都飘了进来，但同时也让阳光和新鲜空气进到屋里。从窗子望去，可以看见蜿蜒的河流、普通船只的桅杆和密西西比河上的蒸汽船高耸的大烟囱。狭小的公寓里放着一架巨大的钢琴。赖斯小姐的卧室在隔壁，再往后数，第三间也就是最后一间屋里支了一个油炉子，不想去附近的餐厅用餐的时候，她就自己下厨。这间屋子也是她的餐厅，餐具放在一个罕见的老橱柜里，橱柜因为用的年头太久而变得又脏又破。

当埃德娜敲开门走进房间时，看见赖斯小姐正倚窗而立，修补一条旧普鲁涅拉厚呢绑腿。这位体态娇小的音乐家看见埃德娜，马上笑得花枝乱颤。她沐浴在下午的阳光中，看起来十分朴素。她仍然穿着破旧的蕾丝衣裙，头上一侧戴着一簇假紫罗兰花。

"你总算想起我来了，"赖斯小姐说，"我还给自己说'啊，啐！她永远不会来了。'"

"你想让我过来吗？"埃德娜带着笑问。

"我没多想。"赖斯小姐回答。两人在靠墙摆着的一个凹凸不平的小沙发上坐下。"不过你来了，我很高兴。我后屋里烧着水呢，正打算煮点咖啡。你和我一起来一杯吧。我们的美女①近况如何？一如既往，还是这么漂漂亮亮、健健康康、高高兴兴的呀！"她牵起埃德娜的手，放在自己纤细结实的指间，松松握住，在埃德娜的手心手背上敲打一段双重主旋律。

"是的，"她继续道，"我有时会想：'她永远不会来了，她的承诺就像是女人们在社交场合里惯常的敷衍一样，没什么实际意义，她永远不会过来了。'因为我打从心眼儿里觉得你不会喜欢我，蓬特利尔太太。"

"我不知道我喜不喜欢你。"埃德娜回答，探寻似的低头看向娇小的女人。

蓬特利尔太太的坦白让赖斯小姐大为满意。她的致谢方式是直接起身走到炉边，把早先允诺的咖啡端给她的客人以资奖励。咖啡和配餐的曲奇埃德娜都挺喜欢。她谢绝了勒布伦太太家的茶点，这会儿开始肚子饿了。赖斯小姐把她端进来的盘子放到手边的小桌上，再次坐

---

① 原文为法文。

在坑坑洼洼的沙发上。

"我收到一封你朋友的来信。"她往埃德娜的咖啡里加了一点奶油,边把杯子递过去边说。

"我的朋友?"

"是啊,你的朋友罗伯特。他从墨西哥给我来信了。"

"给你写信?"埃德娜惊奇地重复道,心不在焉地搅动自己的咖啡。

"对,给我写的。有何不可呢?别把咖啡的热气都搅没了;喝了它吧。不过那封信倒不如寄给你;从头到尾满篇都是蓬特利尔太太,就没有别的内容。"

"让我看看它。"年轻女人哀求道。

"不。一封信只与写信人和收信人有关系。"

"你不是刚说了吗,里面从头到尾说的都是我的事儿?"

"写的是你,但不是给你写的。他问:'你最近见过蓬特利尔太太吗?她看起来怎么样?''就像蓬特利尔太太说的',或者'蓬特利尔太太有一次说','要是蓬特利尔太太来看你,给她弹肖邦的《幻想即兴曲》①吧,我最喜欢那首。我前两天在这边听到了这首曲子,但是比不上你演奏的。我想知道她听到会作何感想',等等,就好像他觉得我们俩常常见面一样。"

"让我看看信吧。"

"哦,不行。"

---

① 《幻想即兴曲》:肖邦的四首即兴曲中,最为脍炙人口的曲目。这首作品在演奏方面难度极大,内容深奥且富于幻想。

"你回信了吗?"

"没有。"

"让我看看信。"

"不行,还是不行。"

"那给我弹《幻想即兴曲》吧。"

"天色晚了,你什么时候得到家?"

"我不在乎时间。你的问题有点失礼了。去弹《幻想即兴曲》。"

"但是你还没告诉我任何关于你自己的事呢。你最近在做什么?"

"画画!"埃德娜笑起来,"我要成为一名画家了。想想看!"

"哦!画家!你还真自命不凡,太太。"

"怎么自命不凡了?你觉得我成不了画家?"

"我对你的了解还不足以妄下结论。我不了解你的才华秉性。做画家包含很多东西;你要有很多天赋——绝高的天赋——这是后天努力得不到的。而且,要成功的话,画家还要有勇敢的灵魂。"

"你说的勇敢的灵魂是什么意思?"

"要有勇气,一定的①!要有勇敢的灵魂。一个勇于挑战和反抗的灵魂。"

"让我看信,给我弹《幻想即兴曲》。你看,我很有毅力。这对绘画艺术有用吗?"

"对被你俘获的愚蠢的老女人有用。"赖斯小姐回答,伴着她浑身乱颤的笑。

信就在旁边埃德娜放咖啡杯的小桌的抽屉里。赖斯小姐打开抽

---

① 原文为法文。

屉，抽出最上面的信，把它放进埃德娜掌心，没有再多说什么，起身走向钢琴。

赖斯小姐弹奏了一段柔和的小调。那是她的即兴创作。她坐在钢琴边的矮凳上，身体佝偻着，呈现出不甚雅观的线条和角度，几乎有点畸形。慢慢的，几不可觉的，乐声过渡到肖邦《幻想即兴曲》开始时婉约的小三和弦里。

埃德娜不知道《幻想即兴曲》是何时开始，又是何时结束的。她坐在沙发角落里，借着昏暗的灯光阅读罗伯特的来信。赖斯小姐从肖邦滑到伊索德①口中颤抖的爱曲，又折回《幻想即兴曲》的浓情和深切的渴望。

小屋中的阴影渐深。乐声变得奇异而美妙——狂乱、迫切、哀伤、温婉祈求。暮色渐浓。音乐充斥着房间。乐章在夜色中飘散，盘旋在屋顶，掠过新月形的河流，消散在静谧的夜空中。

埃德娜啜泣着，就像在格兰德岛上，她体内陌生的新声音觉醒的那个午夜一样。她怀着激动难平的心态起身告别。"我能再来吗，小姐？"她站在玄关问道。

"什么时候想来都可以。当心，楼梯和梯台很黑，别绊倒了。"

赖斯小姐回到屋里，点亮了一支蜡烛。罗伯特的信掉落在地板上。她俯身将信拾起。它已经被泪水打湿，变得皱巴巴的。赖斯小姐抚平信纸，把它重新装进信封，放回桌子的抽屉里。

---

① 伊索德：亚瑟王传说中的著名人物，本是爱尔兰公主，因帮助崔斯坦疗伤而与之坠入爱河，后准备下嫁于马克国王，但在送亲途中与崔斯坦一起不慎喝下春药，从此两人的爱情逐渐走向悲剧。伊索德之歌出自德国作曲家理查德·瓦格纳的歌剧《崔斯坦和伊索德》。伊索德为死去的恋人咏唱"爱之死"，唱毕即拔剑自刎。

第二十二章

一天早上,蓬特利尔先生进城时顺便拜访了他的老朋友——家庭医生芒代勒先生。医生已经半退休,就像老话说的一样,功成身退了。现在,行医治病的活儿实际上都是他的助手和年轻大夫们做的,而他自己的声望与其说是来源于高超的医术,不如说是来自于他的睿智,因此经常有人找他咨询求教。只有少数几个家庭,因为和他建立了友谊,在需要医疗时还能得到他的照拂。蓬特利尔家就是其中之一。

蓬特利尔先生到访时,医生正在书房里挨着敞开的窗子读书。他家离大街很远,坐落在一个可爱的小公园里,所以书房窗外一派平静祥和的景象。医生是个博览群书的人,蓬特利尔先生进门时,他不满地抬眼,从眼镜上方瞥向来人,心想是谁这么鲁莽,大清早来扰他清静。

"啊,蓬特利尔!但愿你没生病。过来这边坐。你今早带来什么新闻啊?"医生很胖,长着浓密的灰发和一双蓝色的小眼睛。岁月掠走了他眼中的光彩,却没有减少它的洞察力。

"哦!我从不生病,医生。你知道我们克里奥尔的蓬特利尔家族一向坚韧得很,只有被风干、吹走了才算了结。我是来请教你——不,准确来说不是请教——是来和你聊聊埃德娜的。我不知道她怎么了。"

"蓬特利尔太太身体不适?"医生惊奇地说,"怎么回事,我见过她——大概一周前吧——在运河街①上走,看起来健康得很啊。"

"是啊,是啊,她看起来挺好,"蓬特利尔先生的身子往前探着,双手握着手杖转来转去,"但是她表现得不对头。她很奇怪,不像是原来的她了。我搞不明白,就想也许你能帮帮我。"

"她做什么了?"医生问。

"唉,一言难尽。"蓬特利尔先生说,猛地往后靠在椅背上,"她什么家务活都不干了。"

"呃,这个;女人不是完全一模一样的,我亲爱的蓬特利尔先生,我们得考虑到——"

"这我知道;跟你说我也解释不清楚。她的整个态度——对我,对任何人、任何事——都不一样了。你知道我是急脾气,但是我也不愿意和女人吵嘴或者对她们无礼,尤其对方还是我妻子;可我老被逼

---

① 运河街:新奥尔良最古老的街区法国区与较新的美国区(今中央商务区)之间的边界。

得发脾气,把自己弄得像个傻子一样,过后又觉得自己坏透了。她让我过得像在地狱里一样不舒服,"他紧张地继续说道。"她脑袋里面有点什么关于女性的永恒权利的想法;而且——你懂的——我们现在只有在早餐桌上才能见到面。"

老绅士挑起浓密杂乱的粗眉毛,撅起下唇,用长着老茧的手指轻轻拍打椅子的扶手。

"蓬特利尔,你最近对她做了什么?"

"做了什么!当然喽①!"

"她有没有,"医生带着笑容问,"她最近有没有和妇女俱乐部的伪知识女性②——那些超脱世俗、高人一等的人打交道呢?我妻子跟我说过她们的事儿。"

"就是这个问题,"蓬特利尔先生插话道,"她和谁都不来往了。完全不理会周二的会客日,把所有熟人都抛到脑后,一个人四处溜达,在街车上打发时间,天黑了才回家。我跟你说了她很奇怪。我不喜欢这样,有点担心。"

这让医生也觉得有些反常。"没有什么遗传病史?"他严肃地问,"她家里老几辈人没什么问题吧?"

"哦,没有,确实没有!她来自一个健康的肯塔基州长老会世家。我听说她父亲,一位老绅士,每周日都要做祷告,好为平日里犯下的罪孽赎过。我明确地知道,他家的赛马给他输掉了一块我见过的最漂

---

① 原文为法文。
② 19世纪末,妇女俱乐部在美国蔚然成风,在充当政治组织的活动场所的同时,也为妇女受教育提供了渠道,但在当时备受嘲讽。

亮的肯塔基农场。玛格丽特——你认识她——是个虔诚的长老会教徒。小女儿有点泼辣。顺便说一句，她几周后就要结婚了。"

"让你太太去参加婚礼，"医生表示，已经想好了妥善的办法，"让她和亲人共处一阵子，对她会有好处的。"

"我就是想让她这样，但她不肯去。她说婚礼是世界上最可悲的场面。当妻子的和丈夫这么说可真够不错的！"蓬特利尔先生叫道，被回忆气得直冒烟。

"蓬特利尔，"医生想了想说，"让她一个人待一阵儿吧。别去烦她，也别让她打扰你。我亲爱的朋友，女人是非常特殊、非常精细的个体——像蓬特利尔太太这样多愁善感又相当稳重自持的女人尤其特别。只有善解人意的心理学家才能成功地和她们打交道。而你我这样的普通人要是企图应付她们的特质，结果一定会弄巧成拙。大多数女人都喜怒无常，异想天开。你太太目前的状况只是一时的，至于原因我们也不必猜测。这种情况很快就会过去的，尤其是你不管她的话。让她来找我聊聊吧。"

"哦，我可不能那么做，没有合适的理由啊！"蓬特利尔先生反对道。

"那我过去看看她吧。"医生说，"过几天我以朋友①的身份去你家吃个晚饭。"

"就这么定了！请您无论如何都要来，"蓬特利尔先生恳求道，"您打算哪天过来？周四吧。周四您能来吗？"他问，起身准备告辞。

"好吧，周四。我妻子那天可能给我安排了事情。要是有安排，

---

① 原文为法文。

我提前告诉你,要是没有的话,你就预备着我过来吧。"

蓬特利尔先生离开前回头说:"很快我就要去纽约出差了。我手头有个大项目,想亲自过去把大大小小的事情都打点妥当。要是你开口,我们可以让你入伙,"他笑道。

"你的好意我心领了,亲爱的先生①,"医生回答道,"这样的机会还是留给你们这些热血的年轻人吧。"

"我想说的是,"蓬特利尔先生将手搭在门把上接着说道,"我可能好一阵子都不在。您觉得我应该带上埃德娜吗?"

"要是她想去的话,务必把她带上。要是她不想去,就让她留在这儿吧。别和她争执。我跟你保证,她的小情绪会消失的。可能要一个月、两个月、三个月——可能更久,但是总会过去的,耐心点儿。"

"那么,周四见。"蓬特利尔先生边出门边道。

他俩谈话时,医生很想问问:"是不是有别的男人出现了?"但是他太了解他的克里奥尔朋友了,不会犯这种错误。

他没有立刻回去看书,而是静坐了一会儿,看着窗外的花园。

---

① 原文为法文。

第二十三章

埃德娜的父亲到城里来了,已经和他们一起住了好几天。埃德娜和父亲并不很亲近,但在品位上有些相似之处,因此能够愉快地共处。他来得正是时候,给埃德娜的情绪提供了一个新的出口。

他是来为小女儿珍妮特购置结婚礼物的,此外还要给自己买一套能在婚礼上撑门面的礼服。蓬特利尔先生早就代岳父选好了给新娘的礼物,因为在这种场合,亲朋好友们都相信他的品位。在着装这个常常让人犯难的问题上,蓬特利尔先生的建议对于他的岳父来说也是无价之宝。但是过去几天来,这位老绅士一直由埃德娜接待,他的陪伴让埃德娜有了一种崭新的感觉。他曾在南部联军①里当过上校，至今仍保留着这个称谓以及与之相称的军人气质。他须发雪白、柔顺，将粗糙的棕色皮肤衬托得更加显眼。他高而瘦削，衣服都带有垫肩，让他的肩膀看起来更宽厚。埃德娜和父亲站在一起时十分醒目，他们出门散步总能吸引许多目光。他一到埃德娜家，就被带去画室里画了一幅肖像画。他对这事儿认真得很。要是埃德娜的天赋高出十倍他也不会感到丝毫惊讶，因为他坚信自己所有女儿们都遗传了自己的大将之风，只要肯努力，就一定能有所成就。

就像过去面对加农大炮的炮口时一样，他正襟危坐，在埃德娜的画笔前毫不畏缩。他讨厌孩子们闯进来，张大好奇的眼睛望着他直挺挺地坐在他们母亲明亮的画室里。他们一靠近，他就以脚示意让他们走开，不愿意因此破坏了面部表情，或者破坏他的手臂和僵硬的肩膀的线条。

因为急着取悦父亲，埃德娜邀请了赖斯小姐和他见面，向他保证让赖斯小姐给他演奏一段钢琴曲作为款待；但是赖斯小姐拒绝了她的邀请。因此，他们一道参加了拉蒂诺尔家的音乐会。拉蒂诺尔夫妇盛情款待了老上校，把他视若上宾，立即提出邀请他第二天晚上，或者哪天方便时一起共进晚餐。拉蒂诺尔太太向他卖弄风情，那最让人神魂颠倒又最单纯无邪的眼神、手势和滔滔不绝的恭维话直弄得老上校垫高了的肩膀上的那颗脑袋晕乎乎，觉得自己年轻了三十岁。埃德娜虽然没有搞清楚是怎么回事，却彻底折服了。她自己身上几乎没有一点媚态。

---

① 南部联军：指美国南北战争时的南部联军。

音乐会上，她也注意到了一两个男人，但是从来没有想过通过卖弄风情吸引他们的注意——用猫一样的媚态或小女人的娇柔手腕显露风情。他们的个性魅力讨得了她的喜欢。她脑中的绮情使得她独独对他们青眼有加，她也非常高兴音乐的间隙给他们提供了见面交流的机会。常常在街上，陌生目光投来的惊鸿一瞥在她脑海中萦绕不散，有时甚至会扰乱她的思绪。

蓬特利尔先生没有参加过这些所谓的音乐会，觉得这些人附庸风雅，俱乐部里还有趣得多。他对拉蒂诺尔太太说，音乐会上演奏的曲子都太"深奥"了，完全超出了他这种什么都不懂的人的理解范围。他的解释让拉蒂诺尔太太十分受用。但是她可不赞成蓬特利尔先生到俱乐部去，还直言不讳地告诉给埃德娜。

"蓬特利尔先生晚上不多在家待待真是可惜。要是他多在家，我觉得你们会更——嗯，要是你不介意我这样说的话——更融洽。"

"天！可千万别！"埃德娜说，脸上露出不知所措的神情，"要是他在家我该做些什么？我们俩肯定没什么话说。"

从这点上来说，她和她父亲也没有什么好聊的，但她父亲不会挑起争端。埃德娜发现，自己对父亲很感兴趣，尽管她意识到这种兴趣可能不会长久；另外，她生平第一次觉得自己好像彻底地了解了他。为了伺候他，照顾他的喜好，埃德娜忙得团团转，一边干活，一边乐在其中。只要能亲力亲为的，她绝不会让佣人或孩子插手。她丈夫注意到了这点，以为是他所深信不疑的血浓于水的至孝表现。

白天，上校要喝无数杯棕榈酒，但酒精却让他神色自若。他是调制烈酒的专家，甚至发明了一些新酒，给它们取了各种美妙的名字，这些酒的调法要求将不同的酒混合，现在由埃德娜负责给他采购原料。

星期四，当芒代勒医生和蓬特利尔一家共进晚餐时，他一点都看不出来蓬特利尔太太有她丈夫说的那些病况。她神采奕奕、精神焕发，刚和她的父亲从跑马场回来，坐在餐桌上时，他们俩的思绪还停留在下午的赛马上，口中还在说着比赛的事。医生对赌马不太了解。他有些关于赛马的记忆，那还发生在他口中的"美好的旧时光"里，那还是莱坎特马场①辉煌的日子，于是他就从记忆中提取出一些谈资，好让自己不被排除在对话外，或显得自己太赶不上时代了。不过他根本没有给上校留下多少印象，甚至他捏造的往事也远远没有引起上校的注意。埃德娜替父亲下了最后一圈的赌注，结果让两人极为满意。另外，他们还遇到了一些在上校印象里非常有魅力的人。莫蒂默·梅里曼太太以及詹姆斯·海坎普太太是和阿尔塞·阿罗宾一道的，她们加入了埃德娜和上校的行列，一起度过了几小时的快乐时光，上校一想起来就觉得很愉快。

蓬特利尔先生自己对赌马没有特别的偏好，甚至不太赞成把赌马当作消遣，尤其是当他想到肯塔基州的蓝草农场的命运时。他尽力用委婉的方式表达了他对赌马的特别反对，结果只惹来了泰山大人的愤怒和反驳。接着双方针锋相对地争论了一番，埃德娜极力支持父亲的观点，医生保持中立的态度。

在粗浓杂乱的眉毛下，医生的双眼聚精会神地观察着女主人，发现她身上有一点细微的改变，让她从他认识的那个无精打采的女人转

---

① 莱坎特马场的场主是因赛马而闻名的克里奥尔家族。内战前，新奥尔良曾是美国著名的赛马中心。

变成眼前这个洋溢着生命活力的人。她的话热情洋溢、充满活力，举手投足之间都没有压抑的样子。这让他想起了在晨光中苏醒的皮毛顺滑漂亮的动物。

晚餐棒极了。红葡萄酒暖融融，香槟冰冰凉，在它们的影响下，原本发生的不愉快全部随着酒香烟消云散。

蓬特利尔先生活跃起来，开始追忆旧时光。他讲了一些种植园的轶事，谈起老伊贝维尔县和他童年的回忆，那时他和一些友好的黑家伙们一起捕猎负鼠、糟蹋美洲山核桃树、打松雀、无所事事时在田野林间漫步。

老上校没有什么幽默感，又不太讲究时宜，说起了暗无天日的苦日子里的辛酸经历，他本人在其中扮演了重要角色，永远是中心人物。医生选的段子也让人快活不到哪里去，他讲了一个古老而常新的奇异故事，主题是一个女人爱情的凋零，她为自己的感情寻找着陌生的新出口，却在剧烈的震荡后回到了原处。在医生漫长的职业生涯中，曾了解过很多人的故事，这不过是其中一个而已。这个故事似乎没有让埃德娜特别在意。她自己也有个故事要讲，说的是一个女人趁夜和情人划着独木舟私奔了，从此再也没有回来。他们消失在巴拉塔里亚湾的群岛中，从此再没有人发现过他们的足迹或者听到过他们的消息。这是个杜撰的故事，她说是安托万太太讲给她听的，当然这个说法也是杜撰的。这也许是她做过的一个梦。但是对于听者而言，每个灼热的词语都像是真实的。他们能够感受到南方夜晚闷热的空气；听到独木舟在洒满月光的河流上穿行时悠长的划桨声，以及鸟儿受到了惊吓，从盐水泊的苇丛中扑翅起飞的声音；看见情人们苍白的脸庞相依相偎，沉醉在忘我的情绪中划向未知的远方。

香槟沁凉透心，淡淡的香气对埃德娜那晚的记忆产生了有趣的作用。

房子外，远离了火炉的热量和柔和的灯光，夜晚寒冷阴郁。医生裹紧旧大衣，穿过夜色大步向家走去。他比大多数人更了解人性，了解那很少展现给缺少洞察力的眼睛的内心世界。他后悔接受了蓬特利尔先生的邀请。他老了，开始需要休息，需要平和的心态，不想承担他人的秘密。

"希望不是阿罗宾，"他一边往回走，一边喃喃自语，"老天保佑千万别是阿尔塞·阿罗宾。"

第二十四章

因为不肯去参加妹妹的婚礼，埃德娜和父亲激烈地争论了一番。蓬特利尔先生袖手旁观，不对任何一方施加影响，也没拿一家之主的权威压人。他听从了芒代勒医生的建议，让她任性而为。上校指责女儿不孝顺，不尊重老人，没有姐妹情，也没有女人的善解人意。他唠唠叨叨地数落着，但却没有什么用。他怀疑珍妮特什么借口都不会接受——更何况埃德娜根本就没给什么借口。他拿不准珍妮特以后还会不会和埃德娜讲话，但是非常肯定玛格丽特一定不会和她再说一个字。

等到父亲总算带着礼服和给新人的礼物，穿着带垫肩的衣服，拿着《圣经》和棕榈酒低声咒骂着匆匆出门时，埃德娜非常高兴终于可以摆脱他了。

蓬特利尔先生紧紧跟在他身后,打算在去纽约的路上顺便在婚礼那儿停留一下,竭尽所能用钱和他的爱弥平埃德娜匪夷所思的举动所带来的负面影响。

"你太宽厚了,宽厚过头了,莱昂斯,"上校声称,"得有权威、一言九鼎。起言立行、说一不二,这才是驭妻的不二法则。听我的没错。"

上校可能根本没意识到,他自己的老婆就是被这么活活逼到坟墓里去的。蓬特利尔先生对此曾有过一点怀疑,但是认为时过境迁,也没有必要再提了。

和父亲的离开相比,丈夫出门时埃德娜并没感到明显的高兴。随着日子的临近,他马上就要离开她很长一段时间时,她开始愁肠百转、柔情暗生,脑海中浮现的全是他的细致体贴和他反复诉说的热烈爱恋。她为他的健康和舒适牵肠挂肚,四处忙着整理他的衣物,为他准备厚内衣,就像拉蒂诺尔太太在这种情况下可能做的那样。他出门时,她流着眼泪叫他亲爱的好朋友,十分肯定过不了多久自己就会感到寂寞,跑到纽约去和他作伴。

但是等到最后只剩她一个人的时候,埃德娜还是感到一阵喜悦与平和笼罩了自己。连孩子们都走了。蓬特利尔老夫人亲自过来把他们和保姆一起接到伊贝维尔去了。老夫人没敢说她害怕莱昂斯不在,孩子们会被忽视;她连想都没怎么敢想。她非常想孩子,想得厉害。她恳求让孩子们和她住一阵儿的时候总是说,不希望孩子们变成"地地道道的城里小孩"。她希望他们了解乡间风情,小溪、田野、树林,无拘无束的自由对孩子们来说如糖似蜜。她希望他们能够体验一点自己父亲往昔的生活,他像他们一样还是小孩子的时候所熟悉的和喜爱的事物。

待到埃德娜终于独自一人时,她深深地、实实在在地松了一口气。一种陌生的,但非常美好的感觉向她袭来。她在整座房子里东摇西晃,从一间屋子逛到另一间,就好像是第一次打量这座房子一样。屋子里各式各样的椅子和沙发她都试了一遍,好像从来没有在这些椅子上坐过、没有在沙发上躺过一样。然后她又到外面绕着房子漫步,一边走一边仔细查看,好像在确定玻璃窗和百叶门窗是不是都锁得好好的。花儿就像她的新朋友,她带着亲切感靠近它们,在花丛中怡然自得。花园里泥巴湿漉漉的,埃德娜召唤佣人给她拿来橡胶凉鞋。然后就一直待在花园里,弯下腰给植物松土、剪枝、挑拣出枯死的叶子。孩子们的小狗跑了出来,尽妨碍她干活,她骂了它一顿,笑了一番,逗着它玩儿。午后的阳光中,花园香气袭人,看起来漂亮极了。埃德娜摘下了所有她能找到的鲜艳花朵,带着小狗,抱着花走进房子。

甚至连厨房都突然呈现出她从未领略到的独特魅力。她进去吩咐厨娘,告诉她让屠夫少送点肉来,她们只需要平时一半的面包、牛奶和杂货。她还说,蓬特利尔先生不在家时自己会非常忙,请厨娘考虑周全,全权负责打理饮食。

那天晚上,埃德娜独自进餐。餐桌中央的枝状大烛台上点着几根蜡烛,发出的光线足够满足她的需要。在她落座的光圈外,宽敞的餐厅笼罩在阴影里,显得庄严肃穆。厨娘尽最大努力呈上了美味的晚餐——一道烤得恰到好处的甘美里脊肉。红酒香醇浓郁;香草糖渍栗子正合她的心意。能够穿着舒适的睡衣用餐也让她心情舒畅。

她有点善感地想起了莱昂斯和孩子们,想着他们现在在做什么。当她喂给小狗崽一两块食物残渣时,亲昵地和它说起艾蒂安和拉乌尔。这些友好的举动让它受宠若惊,生机勃勃地快速"汪汪"叫着,欢快地团团转,以此回应埃德娜的好意。

晚饭后,埃德娜坐在书房里读艾默生,直到睡眼蒙眬。她意识到自己荒废了阅读,决定重新开始学习提高,正好现在她可以随心所欲地支配时间。

泡了个解乏的澡后,埃德娜就上床睡觉了。当她舒服地窝在凫绒被下时,觉得心头一片宁静。此前她从未有过这种感受。

第二十五章

  天气阴霾时埃德娜无法画画。她需要阳光舒缓她的情绪，把她的心情调节到最佳状态。她已经度过了摸索阶段，心情好的时候，能够从容笃定地作画。她既没有野心，也不追求成功，而是在绘画本身里找到了乐趣。
  遇到阴雨绵绵、情绪不佳的日子，埃德娜就出门去找她在格兰德岛上交的朋友们，或者待在家里抚平心绪，现在，为了自己的舒适和心境的平和，她已经习惯了这种情绪。它不是绝望，但对于她来说就好像生命消逝了，空留下无法兑现的许诺。然而有时候，当她认真聆听时，又会被青春许下的新承诺蛊惑和欺骗。
  她又去赌马了，去了一次又一次。阿尔塞·阿罗宾和海坎普太太在一个明媚的下午乘着阿罗宾的马车来看望她。

海坎普太太四十出头，冰雪聪明，是个世俗却不造作的女人，苗条高挑，金发碧眼，待人冷漠。她有一个女儿，就以此为由，和上流社会的青年们频繁往来。阿尔塞·阿罗宾就是其中之一。他是赛马场、歌剧院和时髦俱乐部的常客，眼睛里总是带着笑，不论是谁看到那双眼睛，听到他悦耳的嗓音，都会被感染得欢快起来。他很安静，有时有点傲慢。他身材健美，面容英俊，没有承载过多的深切情感和思虑；穿着打扮与普通上流绅士无异。

自从在马场见过埃德娜和她的父亲后，他就极其仰慕埃德娜。他以前也在其他场合见过她，但是直到那天为止，她对他来说都那么遥不可及。就是在他的怂恿下，海坎普太太向埃德娜发出邀请，问她是否愿意和他们一道去赛马俱乐部①见证本季度的跑马盛会。

那里可能有几个人像埃德娜一样了解赛马，但是绝对没人比她还懂行。作为权威人士，她坐在两个同伴之间，嘲笑阿罗宾的吹嘘，哀叹海坎普太太的无知。赛马是她孩提时代的朋友和亲近的伙伴。蓝草马场的气息萦绕在她鼻腔里，马厩里的空气唤醒了她曾经的记忆。当他们检阅面前缓步走过的皮毛油亮的马匹时，她没有意识到自己说话的口气和父亲一模一样。埃德娜赌马下注很高，运气也很好。赌马的刺激感让她面颊红晕，眼睛亮晶晶的，就像醉人的美酒流入了她的血液一样，刺激着她的大脑。人们纷纷将目光投到她身上，不止一个人留神倾听她的言论，希望听到难以分辨却梦寐以求的"相马秘诀"。埃德娜兴高采烈的样子像磁铁一样吸引、感染着阿罗宾。海坎普夫人

---

① 赛马俱乐部：全名为新路易斯安那赛马俱乐部，会员都是新奥尔良最富有、最有名望的人。

则和往常一样不为所动，挑着眉毛冷冷旁观。

在海坎普夫人的百般恳求之下，埃德娜答应留下和她一道吃饭，阿罗宾也留了下来，并把他的马车遣走了。

晚餐很平静，除了阿罗宾努力活跃气氛的时候外，也没有什么有趣的地方。海坎普太太为女儿没来看赛马而感到惋惜，想要跟她说她去参加"但丁读书会"时错过了什么。那姑娘将一枚天竺葵的叶子凑近鼻尖，对她母亲的话不置一词，但是看起来却是一副明察秋毫、不以为然的神色。海坎普先生是一位相貌平平的秃顶男人，只有迫不得已的时候才会开口说话，有点反应迟钝。海坎普太太对丈夫礼数周到，照顾得无微不至，餐桌上大部分话都是对他说的。晚餐过后，他们坐在书房里，借着吊灯的灯光一道看晚报；而年轻人则在旁边的客厅里聊天。海坎普太太用钢琴弹奏了几首葛利格①的选曲。她似乎只对作曲家的冷漠心领神会，表现得淋漓尽致，却半点也没有捕捉到他的诗意。埃德娜聆听的时候不禁怀疑自己是不是失去了对音乐的鉴赏能力。

等到埃德娜应当告辞回家的时候，海坎普先生一边客套地咕哝着要送她回家，一边看着自己穿着拖鞋的脚，害怕得到肯定答复的样子让人一览无遗，最后还是阿罗宾把埃德娜送回了家。因为车程很长，他们到达滨海大道的时候已经很晚了。阿罗宾请求埃德娜让他进屋点个烟再走——他的火柴盒里已经空空如也。但装满火柴后，阿罗宾却

---

① 葛利格：即爱德华·葛利格（1843年6月15日—1907年9月4日），挪威作曲家，是挪威民族乐派的人物；代表作有《A小调钢琴协奏曲》《培尔·金特组曲》《霍尔堡组曲》和《钢琴抒情组曲》。

没有马上点烟,而是一直等到从埃德娜家出来后,那时她已经答应再和他一起去赌一次马了。

埃德娜既不累也不困,她又饿了,因为海坎普家的晚宴虽然非常可口,但量却嫌少。她在食品柜里翻来找去,找出一条格鲁耶尔干酪和几块饼干,还开了一瓶在冷藏库里找到的啤酒。埃德娜觉得极度兴奋,静不下来。她一边戳着炉子边儿的木头灰,大声嚼着饼干,一边茫然地哼着一段奇怪的调子。

她希望发生点什么——随便什么事儿都行;她也不知道自己究竟在期待什么。她很后悔没让阿罗宾留下待半个小时,和她聊一聊赛马。她数了一遍自己赢来的钱。但实在没有别的事可做,所以就上床睡觉去了,怀着一成不变的烦乱辗转反侧了几个钟头。

午夜时分,她想起自己忘了写定时寄给丈夫的信,于是决定第二天给他去信讲讲下午在赛马俱乐部的遭遇。她头脑清醒地躺在床上打腹稿,不过她想的和第二天写到信纸上的完全是两码事。早上女佣叫醒她时,埃德娜正梦见海坎普先生在运河街的一家琴行门口弹钢琴,他妻子和阿罗宾聊着天,一起登上了一辆驶往滨海大道的街车:"这么有才华却被视而不见,多么可惜!但我必须得走了。"

过了几天,当阿尔塞·阿罗宾又坐着马车来拜访埃德娜时,海坎普太太没和他一起过来。他说他们会过去接她。但是因为海坎普太太没有接到阿罗宾和埃德娜要来接她的通知,她根本就没在家里。她的女儿也正要出门参加"民俗社"①的活动，非常抱歉不能陪伴他们。阿罗宾显出不知所措的样子，问埃德娜是否有想要邀请的人。

埃德娜觉得没有必要去找那些她已经不再联络的上流社会的熟人了。她想起了拉蒂诺尔太太，但是知道她的漂亮朋友除了在夜幕降临后和丈夫一同在街区内散散步以外，是不会出门的。如果赖斯小姐收到这种邀请，一定会觉得可笑。勒布伦太太也许会愿意出门，但是不知为什么，埃德娜不想邀请她。所以她和阿罗宾两人就单独去了。

那天下午埃德娜过得兴趣盎然。兴奋感让她像得了弛张热一样。她说的话也越来越亲密。想和阿罗宾亲近简直毫不费力，他的态度让人容易产生自信，而当他和美丽动人的女士交往时，他也总是尽力跳过最初那个慢慢熟悉起来的阶段。

他留下和埃德娜共进晚餐。他坐在壁炉火边上。他们说呀笑呀，等到他该离开的时候，他已经在向她倾诉，要是早几年遇到她，他的生活会有多么不同。他开诚布公地坦白自己曾经是个怎样调皮捣蛋、没规没矩的男孩，冲动地撩起袖口，给埃德娜展示他十九岁时在巴黎的一次决斗时留下的刀疤。埃德娜观察他白皙手腕内侧的红色伤痕时，伸手轻轻碰触了他的手掌，结果一股突然腾升的冲动攫住了她，迫使她的手指像痉挛一样收紧，几乎是紧紧抓住了他的手。他感到了她的指甲抠在他掌心的力气。

她慌忙站起身，朝壁炉台走去。

---

① 民俗社：指美国民俗社，由威廉·威尔斯·纽厄尔始建于1888年，成员遍及世界各地。文中所指的新奥尔良美国民俗社由其积极会员阿尔西·弗提尔于1892年创建，在当时十分活跃。

"看到伤口和疤痕总是让我很难受，控制不住情绪，"她说，"我不该看的。"

"请你原谅我吧，"他恳求道，亦步亦趋地跟在她身后，"我从来没想过它会惹你厌恶。"

他站得很近，目光逼人，让埃德娜正逐步消失的昔日的自己避之不及，却唤醒了她一切正在觉醒的感性。她脸上的表情足够驱使他牵起她的手，握在手心里，缠绵地向她道晚安。

"你还会来赌马吗？"他问。

"不，"她说，"我已经玩够了。我可不想把赢来的钱都输回去，而且天气好的时候我要画画，而不是——"

"对了；画画。当然。你保证过要给我看看你的画儿。哪天早上我能来你的画室吗？明天怎么样？"

"不行！"

"后天？"

"不行，不行。"

"哦，求你别拒绝我！我对绘画还是有点了解的，也许我能给你提一两个不入流的建议呢。"

"还是算了。晚安。你说了晚安怎么还不回去呢？我不喜欢你。"她拔高嗓音尖声嚷道，试图把手抽出来。她感到自己的话不够庄重、缺乏诚意，而且她知道阿罗宾也发现了这一点。

"我很遗憾你不喜欢我。冒犯了你真是抱歉。我怎么会冒犯了你呢？我都做了些什么？你就不能原谅我吗？"他弯下腰，将双唇印在她的手上，好像期望这一吻永无止境一样。

"阿罗宾先生，"她抱怨道，"我今天下午兴奋过头了，心烦意乱的,不是我平时的样子。我的态度肯定在某种程度上误导了您。我希望您离开,请您回去。"她用刻板单调的语气说道。他拿起了桌上的帽子,站在那里,目光从她身上移开,投向快要熄灭的炉火。有那么一两秒钟,他保持着那种令人难受的沉默。

"您的态度没有误导我,蓬特利尔太太,"他终于说道,"是我自己的感情误导了我自己。我身不由己。每当我靠近您身边的时候,我怎么能克制住自己呢?请您不要为此费神,也不要烦恼。您看,您要求我离开的时候我就会离开。如果您希望我一直离您远远的,我也可以做到。如果您愿意让我回来,我——哦!您怎么会让我回来?"

他向她投去一个请求的眼光,但是她没有回应。阿尔塞·阿罗宾装得太逼真了,有时候连他自己都能骗过去。

埃德娜不在乎、也不关心他是真情还是假意。当只剩下她一个人时,她忧伤地看着被他热烈亲吻过的手。她把头倚在壁炉台上。她觉得自己有点像一时冲动做出了不忠行为的女人,虽然没有完全从背叛的迷人感觉中清醒过来,却又意识到了这种行为的意义。她的脑海里模模糊糊地划过一个念头:"他会怎么想?"

她想的不是她的丈夫,而是罗伯特·勒布伦。现在,她的丈夫对她来说只是一个和她结了婚的男人,他们之间毫无爱情可言。

她点燃了一根蜡烛,上楼回到自己房间。阿尔塞·阿罗宾对她来说什么都不是。然而他的出现、他的言谈举止、他目光的温度,以及比这些都重要的——他的嘴唇压在她手上的触感就像给她打了麻醉剂一样。

她睡得很累,一个又一个梦接踵而至,又倏忽而去。

第二十六章

阿尔塞·阿罗宾给埃德娜写了一封煞费苦心的道歉信，字里行间流露着真诚的悸动，让她十分尴尬。现在她已经冷静下来，心态也平和了，对她来说，那天居然把他的举动那么当真，反应那么激烈非常荒唐。她可以肯定这整件事的意义就在于她的自我意识。要是她无视他的道歉信，未免会显得小题大做，要是她回信太过严肃，又会让他觉得她曾有那么一瞬屈服于他的魅力。不论如何被人吻了一下手也不是什么大事。她被他特意写信道歉的行为激怒了。她用自认为轻松调侃的语气写了回信，并且表示不论什么时候他愿意前来看她，而他的工作又允许的话，她非常乐意为他展示自己的绘画作品。

阿罗宾迅速做出了回应，带着讨好的天真神情出现在她家里。打那时起,埃德娜就几乎没有一天不见到他或者因为什么事儿而想起他。在这方面,他总有很多借口。他的态度也发生了变化,对她俯首帖耳,带着不言而喻的仰慕之情。他随时愿意顺应她忽冷忽热的态度。她也逐渐习惯了有他跟前跟后。他们慢慢地开始友好亲密起来,接着两人的关系开始突飞猛进。有时他对她说话的口吻尤为亲密,开始的时候往往让她心惊脸红,最后却在某种程度上博得了她的欢心,迎合了她心中蠢蠢欲动的原始兽性。

对于埃德娜来说,平复内心骚乱最有效的方法莫过于拜访赖斯小姐。只有那时,只有那个无礼莽撞的赖斯小姐,好似能通过高妙的琴音直抵埃德娜的灵魂并将之解放。

一个大雾弥漫、天气阴沉的下午,埃德娜登上楼梯朝钢琴家的顶层公寓走去。她的衣服因为淋了雨而滴着水。刚一进屋,她就感到一股刺骨的凉气。赖斯小姐正在拨弄一个满是铁锈的炉子,炉子里升起袅袅细烟,根本散发不出什么热量,她正在热一壶热巧克力。埃德娜进屋时,屋子一片昏暗凄凉。壁炉架上,一座沾满尘埃的贝多芬半身像瞪视着她。

"啊,阳光来啦!"赖斯小姐叫道,从炉边站起身来,"这下马上就会暖和亮堂起来了;我可以不管那炉子了。"

她砰的一声关上炉门,向埃德娜走来,帮她脱掉滴水的雨衣。

"你冰冰凉,看起来糟透了。巧克力马上就热好了,还是你想来点白兰地?我感冒的时候你带来的那瓶酒我还几乎没动过。"赖斯小姐颈间围着一条法兰绒巾,僵硬的脖子让她不得不把头歪向一边。

"我喝点白兰地吧。"埃德娜说,一边发抖,一边脱下手套和罩靴。她就像个男人一样大口喝酒,一屁股坐在那张不舒服的沙发上,说："赖斯小姐,我要从滨海大道的家里搬出来。"

"啊!"钢琴家应了一声,既不惊讶,也不特别感兴趣。似乎从来没有什么事儿能让赖斯小姐感到震惊。她正在吃力地重新固定头上松脱的紫罗兰,埃德娜把她拉过来坐在沙发上,从自己头上摘下一个发夹,把那簇做工粗糙的假花别好。

"你不觉得惊讶?"

"还行吧。你打算搬到哪里?纽约?伊贝维尔?还是密西西比你父亲那儿?搬到哪儿去?"

"就离这两步远,"埃德娜笑道,"我要搬进街角的一栋四居室的小房子。那房子看起来太舒服、太诱人了,不管什么时候我打那儿经过,都想进去歇歇脚;它正好招租。我已经厌倦打理大房子了。再说,我从没觉得那是我的房子——我的家。打理它麻烦透了。我得管那么多佣人,为他们操够了心。"

"那不是你搬出来的真正原因,我的美人[①]。跟我说谎没有用。我不知道原因,但你没和我说实话。"埃德娜没有抗议,也没有费力辩解。

"那所大房子日常开销花的都不是我的钱。这个原因不够吗?"

"钱是你丈夫的。"赖斯小姐回答道,一边耸耸肩,坏心眼儿地挑起眉毛。

"哦!我看出来了,什么也瞒不了你。那我就实话告诉你吧:这是一个任性的想法。我有点钱,是我妈妈留下的房产赚的,我父亲零零星星地给我寄来。今年冬天我赌马赢了一大笔钱,现在也开始卖画

---

① 原文为法文。

了。莱德坡对我的画越来越满意，他说画里的张力和个性越来越强。我自己没法评断，但是我觉得画起来越来越游刃有余，也更自信了。不论如何，正如我所说的，通过莱德坡我卖掉了不少作品。我可以在那所小房子里过点节衣缩食的生活，只要一个佣人。偶尔给我做活的老赛利斯泰因说她愿意过来和我一起住，给我干活。我知道自己会喜欢新生活的，我肯定会喜欢自由和独立的感觉。"

"你丈夫怎么说？"

"我还没告诉他呢。我今天早上才有这个想法。他肯定会觉得我是精神错乱。没准儿你也是这么想的。"

赖斯小姐慢慢地摇着头，"你的理由对我来说还不够清楚。"她说。

其实埃德娜自己也不完全明白，但是等她默默地坐了一会儿，理由就自己浮现出来了。本能促使她在将对丈夫的忠贞抛到一边的同时，也放弃了他慷慨的赠予。她不知道他回来后会怎样。到那时一定会有个解释，有个共识。船到桥头自然直，但是不管未来如何，她都已经打定主意，除了自己之外，她永远不会属于任何人。

"我从老房子里搬出来之前应该办个盛宴！"埃德娜大声说，"你一定要来，赖斯小姐。我会为你准备你喜欢的一切食物和饮品。我们要一起唱、一起笑、一起好好开怀一次。"她深深地叹了一口气，好像是来自她身体最深处的叹息。

埃德娜每次来访时，要是赖斯小姐恰巧收到了罗伯特的来信，她就会主动把信交给埃德娜。年轻的女人读信时，她自己则会坐在钢琴边即兴弹奏。

小炉子咆哮着，热得发红，锡罐里的巧克力嘶嘶作响，咕嘟咕嘟地冒着泡。埃德娜走上前去打开炉门,赖斯小姐也站起身来,从贝多芬的半身像下抽出一封信交给埃德娜。

"又一封!这么快!"她叫道,眼里充满着喜悦,"告诉我,小姐,他知道我读了他的信吗?"

"绝对不知道!要是他晓得,一定会生气,从今以后再不给我写信。他给你写信吗?一封都没有。他给你带口信了吗?一个字儿也没有。那是因为他爱你,可怜的傻子,他正想努力忘掉你,因为你不能自由地听他诉说,也不能属于他。"

"那你为什么要给我看他的信呢?"

"不是你求着我要看的吗?我能拒绝你的任何要求吗?哦!你可骗不了我。"赖斯小姐走向她心爱的钢琴,开始演奏。埃德娜没有立即开始读信。她握着信坐着,乐声像灿烂的光芒穿透了她的身体,温暖并照亮了她灵魂中昏暗的角落,让她准备好迎接欢乐和狂喜。

"哦!"她叫道,任由信掉落在地板上,"你怎么不告诉我?"她走过去,一把抓住赖斯小姐在琴键上飞舞的手。"哦!无情!坏心眼!你怎么不早告诉我?"

"告诉你他要回来了?实际上①也不是什么了不起的消息。我很久以前就在想他怎么还不回来。"

"但是什么时候回来呢?什么时候?"埃德娜不耐烦地嚷道,"他没说什么时候。"

"他说'很快'。你和我知道的一样多,都写在信里了。"

"但为什么?他为什么回来?哦,要是我觉得——"她从地板上

---

① 原文为法文。

捡起信，翻来覆去地找，但是信里并没有提到罗伯特回来的原因。

"要是我还年轻，爱上了一个男人，"赖斯小姐说，在琴凳上扭过身子，把瘦长结实的手埋在膝间，垂眼看向拿着信坐在地板上的埃德娜，"对我来说，他一定非同凡响①，志向高远，也有能力达成自己的目标，德高望重，能够成为众人的领袖。对于我来说，要是我还年轻，爱上了一个男人，我绝不会认为一个才智平庸的人值得我的爱情。"

"现在是你在撒谎想骗我了，小姐；要不然就是你从来没有爱过，对于爱情一无所知。"埃德娜继续道，双手抱紧膝盖，抬头看着赖斯小姐扭曲的脸。"你怎么知道一个女人明白她因何而爱？她又是怎样选择爱人的？你怎么知道她曾对自己说：'去吧！这是一个优秀的政治家，有当总统的潜质；我应该爱上他。'或者，'我应该爱上这位音乐家，他的名字家喻户晓？'又或者'这位金融家，掌控着全世界的资本市场？'"

"你在故意曲解我的意思，我的女王②。你爱罗伯特吗？"

"是的。"埃德娜说。这是她第一次承认，一股热浪流过她的脸颊，将她的皮肤染出点点红晕。

"为什么？"她的同伴问道，"为什么你在不该爱的时候爱上了他？"

埃德娜膝行两步，挪到赖斯小姐面前，后者双手捧起她发热的面庞。

---

① 原文为法文。
② 原文为法文。

"为什么？因为他的头发是棕色的，发际线远远绕过太阳穴；因为他眯眼合眼的动作，因为他的鼻子稍稍有点不协调；因为他的两片嘴唇和方下巴，因为他年轻时在激烈的棒球赛中受了伤，没有办法伸直的小指。因为——"

"长话短说，因为你爱他，"赖斯小姐笑道，"他回来后你打算怎么办？"她问。

"怎么办？什么都不做，光是活在世上我就够开心了。"

一想到罗伯特即将回来，埃德娜就觉得非常幸福了。踩着雨水回家的途中，她感到几个小时前让她压抑的雾蒙蒙、阴沉沉的天空现在让人心旷神怡、精神振奋。

她顺路进了一家糖果店，给在伊贝维尔的孩子们买了一大盒棒棒糖。她在糖盒里塞了一张纸条，写上温柔的话，给孩子们送上千千万万个吻。

傍晚时分，晚餐之前，埃德娜给丈夫写了一封动人的信，告诉他她打算搬到街角的小房子里住一阵，搬家前将举办一次告别晚宴，非常遗憾他不能参与，也无法帮忙准备菜单、招待宾客。信写得文采斐然，洋溢着愉悦之情。

第二十七章

"你是怎么回事?"那天晚上阿罗宾问道,"我从没见你这么开心过。"埃德娜那时已甚疲倦,躺在炉火边的沙发上。

"你没听天气预报说快出太阳了吗?"

"好吧,这理由够充分了,"他勉强承认,"就算我整晚坐在这儿苦苦哀求,你也不会给我另一种解释的。"他坐在矮凳上紧靠着埃德娜,说话时,手指轻轻触碰着散落在她前额的头发。她喜欢阿罗宾的手指滑过她发间的感觉,便敏感地闭上双眼。

"总有一天,"她说,"我要打起精神来好好想想——想清楚我到底是个什么样的女人;因为坦白讲,我还真不知道。根据我所熟悉的常规来看,我是女人中坏透了的典型。

但在一定程度上，我又不愿承认这一点，所以必须好好想一想。"

"别去想了，有什么用呢？何必费神去想那个呢？我就可以告诉你，你是什么样的女人。"阿罗宾的手指间或滑向她温润光滑的脸颊和日渐丰腴的坚实的下颌。

"哦，对啊！你会说我有多可爱迷人；诸如此类让人神魂颠倒的鬼话。你就省省力吧。"

"不会的，我不会讲这种话，不过就算我讲了也不能算是撒谎啊。"

"你认识赖斯小姐吗？"她问了句不相干的。

"弹钢琴的那位？我对她只是眼熟，也听过她弹琴。"

"她有时会开玩笑似的说一些奇怪的话，虽然我当时不会在意，但事后却会不由自主地深思。"

"比如说？"

"嗯，比如说，我今天离开她家时，她伸出双臂搂着我，摸索着我的肩胛骨，说要看看我的翅膀是否强壮，她说，'能在传统和偏见的平原上振翅高飞、翱翔在天际的鸟儿一定要有强壮的双翼。看到那些软弱的鸟儿遍体鳞伤、筋疲力尽，只好拍打着翅膀飞回大地，真叫人悲哀。'"

"你要飞到哪儿去？"

"我没有想过什么振翅高飞，她的意思我半懂不懂的。"

"我听说她有点精神错乱。"阿罗宾说。

"在我看来她神志完全正常。"埃德娜回答。

"听说她脾气坏极了，很难相处。你为什么要在我想谈谈你的时候提起她呢？"

"哦！你要想谈我的话就谈吧，"埃德娜大声说着，双手交握枕在头底下，"你谈你的，可我得想一些别的事。"

"我真嫉妒你今晚的思考，这让你比平时更和善；可我总觉得它们好像飘忽不定，离我很远似的。"埃德娜只是笑着看了看他。阿罗宾的双眼离她很近，他靠着沙发，将一只手臂伸过去绕着她，另一只手还停留在她发间。两人继续望着彼此的眼睛，一言不发。阿罗宾靠过去亲吻埃德娜的时候，她紧紧抱住他的头，将他的嘴唇紧贴住自己的。

这是埃德娜生平第一个真正出于本性去回应的吻，它如一把熊熊燃烧的火炬，点燃了埃德娜的欲望。

第二十八章

那晚阿罗宾离开后,埃德娜哭了一会。那只是曾袭上她心头的纷繁杂乱的情绪之一。她曾觉得自己万分不负责任,曾因世事难料与不习惯而感到惊恐,也曾通过身外之物感受到丈夫责备的眼神,因为他供养了她的生活。此外还有罗伯特的责怪,她内心苏醒的对罗伯特的爱越迫切、越强烈、越无法抗拒,这种感受便越深刻。然而最重要的是,她有了一种领悟,似乎眼前的迷雾已被拨开,让她能够理解并承担生命的意义,那个由美丽与残酷构成的怪物。但在这些纠缠着她的矛盾感觉中,没有半点羞耻或懊悔。她曾一度感到隐隐作痛的遗憾,遗憾点燃自己欲望的并非爱之吻,遗憾将生命之杯端到她唇边的并非爱情。

第二十九章

埃德娜匆忙准备着离开滨海大道的家,搬到街区附近的小房子里去,甚至都没等丈夫就此事给出他的意见或想法。每当她朝决定的方向迈出一步时,总有一阵兴奋而焦躁不安的感觉随之而来。想法与实践之间从未有过一刻斟酌犹豫,也毫无休整的间隙。和阿罗宾共度几小时光阴后,第二天一早,埃德娜就着手将新居布置稳妥,又匆忙安排搬进去的事宜。原来的家让她感觉像是进入了某座禁庙,在其中徘徊游荡,庙中有千万个低沉的声音在命令她离去。

除了用她丈夫的钱买的东西外,她把家中所有属于自己的家什都运到了小房子里,用自己的财物供给她那简单贫乏的小家。

阿罗宾下午顺路探望埃德娜时,发现她正卷着袖子和女佣一起干活。她光彩夺目,强健有力,身着蓝色旧袍,头上随意地系着一条红色丝帕以防灰尘弄脏头发,一副从未有过的俊俏模样。阿罗宾进门时,她正爬到高高的折梯上,从墙上摘下一幅画。阿罗宾发现前门没关,按了一下门铃后,便毫不客气地走了进来。

"下来!"阿罗宾说,"你不想活了?"埃德娜佯装漫不经心地和他打招呼,又表现出一副沉浸在手头活计中的样子。

若是阿罗宾期望见到她情绪低落、满腹怨言,或沉溺于伤感泪水之中,那眼前的场景一定让他大吃一惊。

阿罗宾无疑对任何突发状况都做好了准备,面对上述任何一种态度都可应付自如,正如现在他顺其自然地面对眼下的状况。

"请下来吧。"阿罗宾坚持道,他扶着梯子,抬头看着埃德娜。

"不行,"埃德娜回答,"埃伦不敢爬梯子,乔正在'鸽笼'那儿忙着——'鸽笼'是埃伦取的名字,因为空间很小,看起来就像是鸽子笼——所以总得有人干这活儿吧。"

阿罗宾脱下外套,表示自己已经准备好心甘情愿地代替她来冒这个险。埃伦给他拿了一顶防尘帽,看到他在镜子前要多别扭有多别扭地戴好防尘罩,埃伦再也控制不住自己,唧唧咯咯地笑出声来。埃德娜一边应阿罗宾的要求帮他系紧防尘罩,一边也忍不住笑了起来。结果最后反倒是阿罗宾爬上了梯子,在埃德娜的指挥下摘下画和窗帘,拿下了装饰物。阿罗宾干完活后,脱下防尘罩,出去洗了下手。

阿罗宾再次进来时,埃德娜正坐在小凳上,闲散地拂去鸡毛掸子落在地毯旁的碎屑。

"还有什么活儿让我做吗？"阿罗宾问道。

"没别的了，"埃德娜回答说，"埃伦可以应付余下的活。"她让那位年轻妇人在客厅忙里忙外，不愿与阿罗宾独处一室。

"那晚饭呢？"阿罗宾问，"那场盛会，那次政变[①]呢？"

"那是后天的事。你为何称之为政变？哦！那会是一场非常不错的晚宴；我会拿出最好的一切——水晶、金银器、塞夫勒瓷器[②]、鲜花、音乐，香槟多得够你在里面游泳。我要让莱昂斯来结账，我很好奇他见到账单时会作何感想。"

"那你还用问我为什么把它叫作政变？"阿罗宾穿上了外套，站在她面前，问她领结是否端正。她说很端正，目光在他领口上沿便停了下来，没有再往上看。

"你什么时候搬去'鸽笼'？——多谢埃伦的赐名。"

"后天吧，晚宴过后我就去那边睡。"

"埃伦，能给我倒杯水吗？"阿罗宾问道，"窗帘里的灰尘——原谅我指出这个问题——让我口干舌燥。"

"在埃伦去给你倒水的时候，"埃德娜起身说着，"我得跟你说再见，让你离开了。我得去换下这身脏衣服，还有一大堆事等着我去做、去想。"

"我什么时候再能见到你呢？"阿罗宾问道，争取挽留住她，此时

[①] 原文为法文。
[②] 塞夫勒瓷器：产于法国塞夫勒皇家瓷厂（manufacture nationale de Sèvres）。作为法国的一家皇家瓷厂，拥有大批顶级的艺术家、设计师，产品挑战了瓷器精致程度的极限。

女佣已经离开了房间。

"当然是后天的晚宴了，敬请光临。"

"之前呢？——今晚、明早，或是明天中午、晚上呢？后天早上或中午呢？我不告诉你的话，你自己难道意识不到此刻距离后天晚上可是很长的一段时间啊！"

他跟着埃德娜走进门厅，走到楼梯跟前，向上望去，埃德娜登上楼梯，侧脸对着他。

"早一刻都不行。"她说道。可她笑着望向阿罗宾，那目光立刻给了他等待的勇气，却也将等待变成了一种折磨。

第三十章

尽管埃德娜把晚餐说成一次非常隆重的盛宴，然而事实上，这只是一次小型的针对少数宾客的晚宴，受邀者并不多，而且都是严格甄选过的。埃德娜在圆形桃木桌旁留出十二个座位，却一时忘记了拉蒂诺尔太太因身体极其不适[①]而无法出席，也没能预见勒布伦太太会在最后一刻发来万分的抱歉。因此最终只有十位宾客，倒也是个让人坐得舒适惬意的人数。

这十位宾客里有梅里曼夫妇。梅里曼太太是一位三十多岁漂亮活泼的小妇人；她的丈夫是个乐天派，没什么头

---

① 身体极其不适：原文为法文，拉蒂诺尔太太怀孕了，这里是委婉的说法。

脑,人家一说什么俏皮话他就哈哈大笑,因此很受欢迎。海坎普太太陪着梅里曼夫妇一道前来。阿尔塞·阿罗宾当然也是嘉宾之一;赖斯小姐也应邀前来。埃德娜给她送去一束配有黑色蕾丝的新鲜紫罗兰作为头饰。拉蒂诺尔先生孤身前来赴宴,向宾客们解释着妻子不能到场的原因。维克多·勒布伦正巧也在城里,喜欢娱乐消遣的他欣然接受了邀请。还有二十出头的梅布朗特小姐,她举着长柄眼镜兴致勃勃地观察着这个世界。人们对她议论纷纷,猜想她很有学识;也有人怀疑她以化名①写作。她和一位名叫古韦内尔的绅士一同前来,那人在某家日报社工作,善于观察,看上去也很安静,不讨人厌,除此之外关于他也没什么可说的。埃德娜自己就是第十位出席者。八点半,宾客们在桌前落座,女主人的左右手边分别是阿罗宾和拉蒂诺尔先生。

海坎普太太坐在阿罗宾和维克多·勒布伦中间,接下来是梅里曼太太、古韦内尔先生、梅布朗特小姐和梅里曼先生,拉蒂诺尔先生旁边坐的是赖斯小姐。

桌子的摆设极尽奢华,上面铺着淡黄色的绸缎,绸缎上又覆盖着蕾丝,显得光彩夺目。桌上摆放着一支支黄铜大烛台,里面的蜡烛在黄色丝质灯罩的掩映下散发着柔和的光芒;一束束饱满的红玫瑰和黄玫瑰在桌上吐露芬芳。就如她当初承诺的那样,桌上还摆着各种金银与水晶餐具,水晶闪闪发光,犹如女宾们佩戴的宝石。

为了此次盛宴,普通的硬餐椅已被弃置,取而代之的是别墅里能找到的最宽大奢华的椅子。赖斯小姐身材极其娇小,坐在厚厚的坐垫上,就像小孩子们有时垫着厚厚的书坐在桌边一样。

---

① 原文为法文。

"新买的吗,埃德娜?"梅布朗特小姐大声问道,透过长柄眼镜望向埃德娜额顶发间,那里别着一大串流光溢彩的钻石。

"相当新;还是'崭新'的呢;这是我先生送我的礼物,从纽约寄过来,今早刚到。我不妨直说了吧,今天是我二十九岁生日。我等着你们过会儿给我祝酒。同时,我想请大家先尝尝这鸡尾酒,调配这酒的人——是叫'调配'吧?"她朝梅布朗特小姐问道——"这酒是由我父亲为庆祝我妹妹珍妮特的婚礼而调配的。"

每位宾客面前都有一只小酒杯,闪闪发亮,看上去就像暗红色的石榴石。

"那么,综合考虑起来,"阿罗宾发话了,"在这位最有魅力的女士生日这天,用她生身之父所调制的鸡尾酒,先为这位上校的健康干杯来作为今晚的开场,大概不会有什么错吧。"

这句俏皮话让梅里曼先生放声大笑起来,这阵笑声很有感染力,于是晚宴便在这样愉悦的氛围中开始了,而且一直持续了下去。

梅布朗特小姐请求大家免了自己这一杯,好把它留下好好欣赏。鸡尾酒的颜色太神奇了!她无法将之喻为自己见过的任何东西,那酒发出的暗红光芒很少见,甚至无法言状。她断言上校是名艺术家,并始终坚信这一点。

拉蒂诺尔先生准备郑重地对待这次晚宴;无论是主菜[①]、甜点[②]、佣人的服务、桌上的装饰,还是宾客们,他都一一认真对待。他享用着盘中的鲳鲹鱼,抬起头来询问阿罗宾是否与"莱特纳&阿罗宾律师

---

① 原文为法文。
② 原文为法文。

事务所"的创建人有亲戚关系。年轻人承认莱特纳与他私交甚密，同意用阿罗宾的名字作为事务所的抬头，也写进帕蒂多街①上的那块营业招牌里。

"这年头爱管闲事的人和机构太多了，"阿罗宾说，"搞得没有工作的人为了省事也只好假装有工作。"拉蒂诺尔盯着阿罗宾看了一会儿，转头去问赖斯小姐今年的交响音乐会是否达到了去年冬天的水准。赖斯小姐用法语回答了拉蒂诺尔先生，埃德娜认为在这种场合说法语有些不太礼貌，但确实符合她的个性。赖斯小姐对于交响音乐会只给出了恶评，还把新奥尔良所有音乐家都羞辱了一番，无论是个人还是作为整体，她都一概否定。她所有的兴趣似乎都围绕着眼前放置的佳肴。

梅里曼先生说阿罗宾先生提到的爱管闲事的人让他想起了前几天在圣查尔斯酒店遇到的一个从韦科②来的男人——但由于梅里曼先生讲的故事总是无聊透顶又毫无重点，他妻子很少允许他讲完。梅里曼太太打断了丈夫的话，问他是否记得上周买来送给日内瓦朋友的那本书的作者名字。她正和古韦内尔先生"掉书袋"，想听听他对于近期文学作品的评论。梅里曼先生偷偷把韦科人的故事告诉了梅布朗特小姐，她装出一副兴致勃勃、认为故事很巧妙的样子。

海坎普太太懒洋洋却兴致未减地听左侧的邻座维克多·勒布伦热情而急切地侃侃而谈。她自从坐下来后，注意力就一刻都没从维克多

---

① 原文为 Perdido Street，Perdido 是西班牙文，意为"迷路的"。传奇故事中，旅行者到了这里就会迷路。

② 韦科：得克萨斯州中东部城市。

那里移开；而当维克多转过去与比她更漂亮活泼的梅里曼太太交谈时，海坎普太太就从容不迫地等待重新得到维克多注意的机会。晚宴上偶尔会响起音乐声，那是曼陀铃的声音，在适当的时候作为晚宴的伴奏，而在有人交谈时就立刻停下，以免造成干扰。屋外的喷泉发出柔和单调的水花飞溅的声音；水声带着茉莉花的浓香从敞开的窗户蔓延进屋内。

埃德娜的绸缎礼服闪耀着金色微光，在腰际两侧掐出层层馥郁的褶皱，肩部垂下一圈柔软的蕾丝。蕾丝颜色与她的肤色相同，可是却不如生气蓬勃的肌肤那般容光焕发，也少了无数鲜活的色调。埃德娜将头靠在高背椅上、张开双臂时，她的态度、她整个样子都呈现出王者风范，如同统领天下、超脱而孤独的女王。

但当埃德娜坐在宾客之间时，熟悉的倦怠感再次向她袭来；那种时常困扰她的无助感着了魔般地缠住她，毫无来由，却不受意念控制。那是一种不言自明的感觉；好像是从某个嘈杂刺耳的巨大洞穴里流出的一阵寒意。强烈的渴望来袭时，总会让她脑海里出现挚爱之人的幻象，可望而不可即的感觉一刹那便击垮了她。

埃德娜还在失神，圆桌上却弥漫着友好的交际氛围，如同一条有魔力的绳索般把这些有说有笑的人们绑在一起。拉蒂诺尔先生第一个打破了这愉悦的气氛。十点钟的时候，他起身告辞，称拉蒂诺尔太太还在家等他回去。她身体十分不舒服[①]，总会感到莫名的恐惧，唯有丈夫的陪伴才能安慰她。

赖斯小姐也和拉蒂诺尔先生一同起身告辞，拉蒂诺尔先生提出陪

---

① 原文为法文。

她出门上车。赖斯小姐尽情享用了这顿晚宴，也尝遍了那些美味烈酒，酒精一定让她晕头转向了，因为告辞之时，她愉快地向所有人鞠躬致意。她吻了下埃德娜的肩，低声对她说："晚安，我的女王；做个智者。①"她起身后——更确切地说，是从坐垫上下来后——有些茫然，拉蒂诺尔先生殷勤地上前挽着她离开了。

海坎普太太正用黄玫瑰和红玫瑰编织着花环，编好之后，她把花环轻轻放在维克多的黑色卷发之上。维克多斜倚在舒适的座椅上，对着灯光举起手中的香槟。

就像魔术师的魔杖碰了他一下似的，玫瑰花环将他变成了一位东方美少年。他的脸颊呈现出绛葡萄色，一簇含情脉脉的火焰在他朦胧的双眼里发光。

"哟！②"阿罗宾发出感叹。

但海坎普太太还有锦上添花的一笔。她从椅子背后拿出她早些时候披在肩上的白丝巾给男孩披好，整理出优雅的褶皱，掩盖了他那黑色的常规宴服。维克多看似并不介意海坎普太太对他做些什么，只是微笑着，一口白牙泛着微光，继续眯着眼盯着酒杯透过的光。

"哦！只能用画笔描绘，没法用言语形容！"梅布朗特小姐看着维克多惊呼道，沉浸在自己狂热的幻想中。

"'永不磨灭的欲望之像，以鲜血描绘在黄金铺就的地面

---

① 原文为法文。
② 原文为法文。

上。'①"古韦内尔轻声喃喃道。

酒精的作用让维克多不复平时的侃侃而谈,变得沉默寡言起来。他似乎沉溺在幻想之中,在琥珀色的酒滴里见到了令人愉悦的幻想。

"唱吧,"海坎普太太恳求着,"给我们唱首歌吧。"

"别去烦他。"阿罗宾说道。

"他在装腔作势,"梅里曼先生提出他的看法,"就让他装个痛快好了。"

"我看他是喝醉了吧。"梅里曼太太大笑着说。她向年轻人的座椅靠过去,从他手中拿过酒杯,端到他的嘴唇处。维克多一口一口慢慢抿着酒,他喝完之后,梅里曼太太将酒杯放在桌上,用她轻薄的小手帕擦拭他的嘴唇。

"好,我来给你们唱歌。"维克多说着,将座椅转向海坎普太太。他紧握双手背在脑后,抬头望向天花板,开始哼了一会,就像音乐家调乐器那样试着嗓子。然后,他望向埃德娜,用法语唱了起来:

"啊!但愿你知晓!"

"停!"埃德娜大叫,"别唱那首,我不要你唱那首。"她一时情急,胡乱地将酒杯往桌上一放,结果砸到玻璃酒瓶上,磕了个粉碎。酒洒在了阿罗宾的腿上,有些还滴到了海坎普太太的黑色纱袍上。维克多全然失去了礼节,或者他以为女主人不过是说笑罢了,因为他大笑了起来,接着唱:

"啊!但愿你知晓

---

① 出自英国诗人和评论家斯温伯恩(Algeron Charles Swinburne, 1837—1909)的十四行诗《一块浮雕宝石》。

你那双眸向我诉说"——

"哦！不准唱！不准唱！"埃德娜叫喊着，把座椅向后推，站起身来，走到维克多身后，用手捂住他的嘴。维克多亲吻着压在他嘴唇上的柔软手掌。

"好，好，我不唱了，蓬特利尔太太。我不知道你是认真的。"维克多眼带爱怜，抬头望着埃德娜。他嘴唇的触感刺到了埃德娜的手，却令她愉悦。埃德娜把维克多头上的玫瑰花环取下，扔到了屋子的另一头。

"好了，维克多；你也闹够了吧，把丝巾还给海坎普太太吧。"

海坎普太太自己把丝巾从维克多身上取了下来。梅布朗特小姐和古韦内尔先生突然意识到是时候说晚安了。梅里曼夫妇则奇怪怎么已经这么晚了。

与维克多告别之前，海坎普太太邀请他来拜访自己的女儿，她知道女儿只要和维克多见了面、用法语聊聊天、一起唱唱法语歌，就一定会被他迷住。维克多表示自己十分乐意，一有机会便会前去探望海坎普小姐。他问阿罗宾是否打算离开，阿罗宾称他要留下。

曼陀铃的演奏者早就偷偷溜走了。深邃的静寂降临在宽阔、美丽的街道上。从埃德娜家出来的宾客们发出的声音如同刺耳的音符般打破了夜晚的宁静与和谐。

第三十一章

"好了?"阿罗宾问道。他在其他人离开后留下来陪着埃德娜。

"好了。"埃德娜重复着,她起身伸展胳膊,觉得自己坐了这么长时间需要舒展一下筋骨。

"接下来怎么办?"阿罗宾问。

"佣人都走了,乐手离开时他们就走了,我把他们遣散了。这房子得关上门锁起来,我要回'鸽笼'去,明早再让塞利斯泰因过来收拾。"

阿罗宾在房子里到处看了看,开始将灯一一熄灭。

"楼上呢?"他问。

"我觉得没什么问题;不过可能有一两扇窗户没拴好。最好去看一下;你拿支蜡烛去看看吧。顺便把堂屋里床脚边我的披肩和帽子拿下来。"

阿罗宾举着蜡烛上楼去了,埃德娜开始关门关窗,她讨厌把烟味和酒味关在屋内。阿罗宾找到了埃德娜的披肩和帽子,拿下楼帮她穿戴好。

待到一切都处理妥当,灯都熄灭了以后,两人便从前门离开。阿罗宾锁上门拿走钥匙,替埃德娜保管,然后扶着她走下台阶。

"要闻闻茉莉花吗?"阿罗宾问她,他经过花丛时折了几支。

"不用,我什么也不要。"

埃德娜看起来心灰意懒,什么也不说。她一手挽着阿罗宾伸过来的手臂,另一只手拎着绸缎礼裙的裙裾。她低下头,注意到在自己长裙的黄色微光映衬下,阿罗宾腿脚的黑色线条在她身旁移动着,离她很近。远方传来一阵火车汽笛的嘶鸣,午夜的钟声回荡在空中。两人短暂的步行途中没有遇到任何人。

"鸽笼"伫立在一扇紧锁的大门后,房子前面有一块不起眼的浅花坛。一条小前廊之上是一长扇窗户与敞开的前门。走进门内就是客厅,没有旁门。后院有间佣人房,老塞利斯泰因就在那安顿。

埃德娜在桌上留了盏低低燃烧着的油灯。她把屋子布置得舒适宜居,桌上有几本书,旁边有张沙发。地上铺着新地毯,上面盖着几块毛毯;墙上挂着几幅雅致图画。房间里满是鲜花,这是阿罗宾送给埃德娜的一个惊喜,他让塞利斯泰因在埃德娜不在家的时候摆在屋内。隔壁是埃德娜的卧室,一小段过道之后便是餐厅和厨房。

埃德娜坐下来,一副不舒服的样子。

"你累了吗?"阿罗宾问。

"嗯,我很冷,很难受。我感觉自己好像紧张兴奋到了极致——

绷得太紧了——然后心里有根弦啪的一声断了。"她把头枕在赤裸的手臂上，趴在桌前。

"你想休息，"阿罗宾说，"想安静。我走了。你一个人好好休息吧。"

"好的。"埃德娜回答。

阿罗宾站在埃德娜身边，用他那柔软有力的手将她头发捋顺，他的碰触抚慰了埃德娜的身体。若阿罗宾的手没有拿开，埃德娜很可能就此安静地睡去。他从她颈背处向上梳着头发。

"希望你明早能感觉好点，开心起来，"阿罗宾说，"这几天你太忙了，晚宴是最后一根稻草；你本可以不办这场晚宴的。"

"是啊，"埃德娜承认道，"太傻了。"

"不会，晚宴很让人愉快；但把你累坏了。"阿罗宾的手滑向埃德娜美丽的双肩，他也能感觉到埃德娜的身体对这抚摸的回应。他坐在她身旁，轻轻吻上她的肩膀。

"我以为你要走了。"埃德娜说道，声音不太平稳。

"我是要走了，等我说了晚安之后。"

"晚安。"埃德娜喃喃道。

阿罗宾没有回应，继续爱抚她。直到埃德娜对他温柔、诱人的恳求变得柔软顺从时，阿罗宾才跟她道了晚安。

第三十二章

蓬特利尔先生获悉妻子有意搬出自己家而在别处安居时，立马给她写了一封态度坚定的反对信，表达了对她的谴责。他认为埃德娜给出的理由并不充足，希望她不要因一时冲动就鲁莽行事，还恳求她最重要、最先要考虑的是别人会怎么议论。蓬特利尔先生说出这句告诫时，并没有在想象会出现什么丑闻，他永远都不会将妻子或他自己的名字和丑闻联想在一块。他仅仅是担心自己财政方面的稳健性会受到影响罢了。可能会有谣言说蓬特利尔一家遭遇了财政危机，不得不缩衣节食减少开支，不能像以前那样讲排场了。妻子的离去或许会对他生意上的前景造成不可估量的损害。

但联想到最近埃德娜反复无常的性情，蓬特利尔先生料想这必定是她一时冲动做出的决定,因此与往常一样及时地把握住了情况,用他在生意场上出名的聪明机智处理了问题。

蓬特利尔先生给埃德娜寄去反对信的同时,还给一位有名的建筑师寄了一份指示书——巨细靡遗地指示房屋改造的有关事宜,里面提及了他思忖许久的改装想法,希望能在自己暂时离开的这段时间落实。

装修专家、可靠的打包工和搬运工都忙着运送家具,将地毯、图画——总之一切可以搬动的东西——全部搬到安全地带。在极短的时间内,蓬特利尔家便移交给了工匠。他们将在现有别墅的基础上扩建一个温馨舒适的房间;在别墅里画上壁画,未动工的房内都要铺上实木地板。

另外,蓬特利尔先生还在一份日报上刊登了一则简短的通知,告知大家蓬特利尔一家正考虑夏天到国外旅居,而他们位于滨海大道上的气派居所正在进行奢华改造,夫妇回家之前房屋无法住人。蓬特利尔先生保住了他的面子!

埃德娜佩服丈夫高明的手段,也尽可能避免破坏他的意图。等蓬特利尔先生陈述的这一情况为众人接受并不以为意时,埃德娜显然觉得这正合其意。

"鸽笼"很讨埃德娜喜欢,立刻承担了"家"这一亲密角色,而埃德娜本人也使屋子充满魅力,令它洋溢着温暖的光芒。埃德娜觉得自己的社会地位下降了,但随之而来的是精神境界的提升。她向着将自己从职责中解放出来的方向迈出的每一步,都增强了她作为个体的力量,并向外扩展开来。她开始用自己的双眼看世界;去观察、理解生活更深层的暗流。她不再满足于"依靠他人意见存活",因为她有了自己的灵魂。

过了一阵子，其实是几天后，埃德娜去伊贝维尔陪孩子们过了一星期。那是怡人的二月天，夏天将至的气息飘浮在空气中。

埃德娜看到孩子时多开心啊！当孩子们张开小手臂环抱着她时，埃德娜喜极而泣；孩子们弹性十足的红润脸颊紧贴在她自己红光满面的脸上。她极其渴望地盯着孩子们的脸蛋看，怎么看都看不够。孩子们还给妈妈讲了故事呢！猪呀，牛呀，骡呀！骑马去格鲁格鲁后面的磨坊；和贾斯珀叔叔一起去后湖里钓鱼；用利迪耶的小黑口袋捡山核桃，用他们的快运马车拉回木屑。比起在滨海大道上沿着人行道把刷好油漆的积木块拖回家，在这儿为跛脚的老祖西拉回能生火的真木屑要好玩一千倍呢！

埃德娜亲自跟孩子们去看了猪和牛，去看了黑人编藤条，去打了山核桃，去后湖抓了鱼。她和孩子们生活了整整一星期，把全部精力都奉献给他们，让孩子们年轻的活力聚集、填满她全身。她告诉孩子们滨海大道的家里面全是工人，敲敲打打，满是铁锤锯子，充斥着嘈杂声，孩子们屏息聆听着。他们想知道自己的床在哪里；摇摆木马搬到哪儿去了；乔睡在哪，埃伦去了哪，还有厨师呢？但最重要的是，他们火烧火燎地想看看街区附近的那栋小房子。那儿有可以玩的地方吗？邻居家有小男孩吗？拉乌尔悲观地预测邻居只有小女孩。他们睡哪儿呢？爸爸睡哪儿？埃德娜告诉孩子们小精灵会把一切问题都解决的。

埃德娜的到访让老夫人欣喜不已，对她的关照无微不至。她得知滨海大道的房子正在整修时非常高兴，这给了她希望和借口，让孩子们留在她身边再待一段时间。

埃德娜离开孩子们时心如刀割，满脑子都是他们的欢声笑语和他们脸颊的触感。回家的一路上，孩子们的脸庞总是在她眼前徘徊，如同一曲动听的音乐留下的回忆。但当她重回市区时，那音乐便不再于她灵魂内回响。她又是一个人了。

第三十三章

有时候，埃德娜去找赖斯小姐时，这位小音乐家并不在家，而是外出授课或购置必要的家用去了。门钥匙总是藏在入口处的一个秘密地方，埃德娜是知道的。赖斯小姐正巧外出的话，埃德娜通常会进屋等她回来。

一日下午，埃德娜叩响赖斯小姐的家门时没人应门，于是便像往常一样自己用钥匙打开门，如她所料，屋里空无一人。她这一整天都忙这忙那，现在来找她朋友是为了休息一阵，寻求慰藉，谈谈罗伯特。

她整个上午都在描绘一幅意大利青年的肖像，没叫模特过来，独自修饰定稿，但绘画中途却被家务和应酬屡屡打断。

拉蒂诺尔太太来拜访她，声称自己是拖着身子，避开公共大道辛苦走过来的。她埋怨埃德娜最近不怎么关心她。另外，她还抑制不住好奇心，想参观一下埃德娜的小房子，看看装修布置如何。她还想知道那场晚宴的一切详情；她先生那晚很早就离席了。他走后发生什么了呢？埃德娜派人送来的香槟和葡萄太美味了。拉蒂诺尔太太之前食欲不振；这些正好让她开了胃。埃德娜到底要把蓬特利尔先生还有孩子们安置在小屋的什么地方呢？最后拉蒂诺尔太太还让埃德娜承诺，等她临盆时，埃德娜一定要来陪她。

"任何时候——无论白天还是黑夜我都会过去的，亲爱的。"埃德娜向她保证。

临别时，拉蒂诺尔太太说：

"埃德娜，在某种程度上，你在我眼里就像个孩子。你做事似乎还欠考虑，但这正是为人处世所必需的。因此我想对你说，你千万不要介意我这么提醒你，一个人住还是要小心为妙。你干吗不找个人来陪你一起住呢？赖斯小姐不来吗？"

"不；她不会愿意搬过来的，我也不想让她一直陪着我。"

"其实，我是想说——你也知道这世界有多恶毒——有人说阿尔塞·阿罗宾常到你这儿来。当然，要不是阿罗宾先生恶名昭彰的话，这也不打紧。可我先生告诉我，要是阿罗宾对哪个女人献殷勤，就足够毁了那女人的名声。"

"他总会吹嘘自己有多成功吗？"埃德娜漠不关心地问道，眯着眼看她的画作。

"不是，我想那方面他还算是个正派人士，但男人都知道他的品行。我大概没法再来看你了；今天真是太鲁莽了。"

"当心台阶！"埃德娜叫道。

"别冷落我，"拉蒂诺尔太太恳求道，"我说的关于阿罗宾的事，还有关于找人陪你住的事，你也不要介意。"

"当然不会了，"埃德娜笑着说，"你想对我说什么都可以。"两人互亲脸颊道别。拉蒂诺尔太太回去不用走多远，埃德娜站在门廊目送她沿着街往家走。

下午的时候，梅里曼太太和海坎普太太邀请她参加派对。埃德娜觉得她们大可以省掉这样的虚礼①。她们还邀请埃德娜哪天晚上到梅里曼家玩二十一点②，让埃德娜早点赴宴，说梅里曼先生或者阿罗宾先生会把她送回家。埃德娜半推半就地答应了，她有时很厌烦海坎普太太和梅里曼太太。

黄昏的时候，埃德娜去找赖斯小姐寻求慰藉，独自待在她家等她，这间简陋朴素小屋的氛围让她内心充满了宁静祥和的感觉。

埃德娜坐在窗边，从那可以俯瞰屋顶及河对岸。窗台上摆满了花盆，她一边坐着一边将一盆玫瑰天竺葵里的枯叶挑出来。天很暖和，河边吹来的微风十分惬意。她脱去帽子，放在钢琴上，继续在盆栽里到处挑着枯叶，还用别帽子的别针在盆栽四周挖着。有一次，她听到有人声，还以为赖斯小姐回来了，结果只是一个年轻的黑人女孩，拿着一堆洗好的衣物进来，放在隔壁屋内就离开了。

埃德娜坐在钢琴前，一只手轻柔地弹奏着眼前摊开的乐谱里的小节。半小时过去了，楼下大厅里偶尔传来有人进出的声音。她越弹越

---

① 虚礼：梅里曼和海坎普太太按照当时的礼节，在接受了埃德娜的款待后回请埃德娜。
② 原文为法文。二十一点是一种牌戏。

有兴趣,正当此时,门外第二次传来敲门声。她微微纳闷,如果来人发现赖斯小姐的大门紧锁,会怎么办呢。

"进来吧。"埃德娜喊道,朝大门望去。这次进来的是罗伯特·勒布伦。她想起身;但这样做的话,自己看到他时内心的慌乱一定会暴露无遗,于是她又坐回钢琴凳上,只是惊呼道:"怎么是你,罗伯特!"

罗伯特上前握住埃德娜的手,似乎并没有意识到自己在说什么、做什么。

"蓬特利尔太太!你怎么碰巧也——哦!你看起来真不错!赖斯小姐不在吗?我真没想到会见到你。"

"你什么时候回来的?"埃德娜问道,声音很不稳定,用手帕拭着脸。她浑身不自在地坐在钢琴凳上,罗伯特恳请她坐到窗边的椅子上。

她机械地照做了,而罗伯特自己则坐在钢琴凳上。

"我前天回来的。"罗伯特回答,他把手臂倚靠在钢琴键上,弄出了一串不和谐的声音。

"前天!"埃德娜大声重复道,继续沉思着,"前天。"好像没理解似的。在她的想象中,罗伯特一回来就会立马来找自己,可他竟然从前天开始就和自己生活在同一片天空下,连今天的见面也只是偶遇罢了。赖斯小姐跟埃德娜说"可怜的傻瓜,他爱你呀"的时候肯定在说谎。

"前天,"她重复着,折断了赖斯小姐的一枝天竺葵,"那么要是你今天没在这儿碰到我,你就不会——你什么时候——我是说,你没打算来见我吗?"

"当然,我早应该去看你的,但是最近事太多——"罗伯特紧张地翻着赖斯小姐的琴谱,"我刚一回来,昨天就开始在原来的公司上班了,毕竟这儿对我来说也有很多机会,和墨西哥差不多——我是说,说不定什么时候,我没准会发现新奥尔良也有利可图,那些墨西哥人跟我不太合得来。"

所以他回来是因为跟墨西哥人合不来;因为这儿的生意也和那边一样有利可图;因为各种原因,但不是因为他想和她离得近些。她记得自己坐在地板上的那天,翻着他寄来的信,寻找没有说出口的理由。

埃德娜没有注意罗伯特的外表——只感觉到他的存在;但此时她特意转身观察他。毕竟他只离开了几个月,外貌上没有什么变化。他的头发——和埃德娜自己的发色相同——从两鬓起向后卷曲,和以前一样。他的皮肤也没有比在格兰德岛时晒得更黑。罗伯特默默看着埃德娜时,有那么一瞬,她从他双眼里看到了和以前一样温柔的爱护,多了些许温情和恳求,这一眼望穿了埃德娜的灵魂,唤醒了她灵魂中的沉睡之处。

埃德娜想象了几百次罗伯特归来的场景,想象着他归来后两人的初次见面。通常是在埃德娜家,但不管在哪里,罗伯特都能立即找到她。她总是幻想着罗伯特以某种方式表达或不小心流露出对自己的爱。而现在,事实是他们俩中间隔着十英尺那么远,埃德娜坐在窗边,手中揉搓着天竺葵叶,嗅着叶片的味道,而罗伯特则坐在钢琴凳上碾来挪去,说道:

"听说蓬特利尔先生不在新奥尔良,我很惊讶;真奇怪赖斯小姐都没有告诉过我;还有你搬家的事儿——昨天母亲告诉我了。我还以为你会和他一起去纽约,或去伊贝维尔和孩子们住在一起,而不是在这里操持家务。我还听说你也要出国了。明年夏天我们应该不会再在格兰德岛相见了;看起来不太会——你经常来见赖斯小姐吗?她给我写的几封信中总会提到你。"

"你还记得你答应过走之后会给我写信吗?"

罗伯特听到这句话后满脸通红。

"我以为你根本没兴趣看我的信。"

"那是借口;不是真相。"埃德娜拿起放在钢琴上的帽子,整理好后不慌不忙地将它别在蓬乱厚重的头发上。

"你不等赖斯小姐回来了吗?"罗伯特问。

"不等了;根据我的经验,要是她出门这么久,肯定要很晚才回来。"她戴上手套,罗伯特也拿起帽子。

"你也不等了?"埃德娜说。

"你不是说她要很晚才会回来吗?"罗伯特突然意识到这样说有些不太礼貌,于是补充道,"而且要是接着等下去,我也会错过送你回家的乐趣。"埃德娜锁上门,把钥匙放回原处藏起来。

两人一起走着,小心翼翼地穿过泥泞的街道和摆满了廉价小商品摊的人行道。他们搭了一段车,下车后,经过了蓬特利尔家的大别墅,别墅看上去破败不堪,一半已被拆除,罗伯特从未见过这幢房子,饶有兴趣地望着。

"我从来不知道你在自己家里是什么样的。"他说道。

"很高兴你不知道。"

"为什么?"

她没回答。两人继续走过街角,罗伯特跟她走进了那栋小房子,她的梦想似乎终于要实现了。

"你一定得留下来陪我吃饭,罗伯特。你看我一个人孤零零的,再说我们也好久没见了。我有好多话想问你。"

埃德娜脱下帽子和手套,罗伯特站在那儿犹豫着,推辞说母亲还在等他;甚至还咕哝了一句有个什么约会。天色渐暗,埃德娜划了根火柴,点燃了桌上的油灯。罗伯特看到灯光下埃德娜的脸上布满痛苦,先前柔和的线条全都不见了,于是便把帽子扔在一边,坐了下来。

"哦!你知道如果你允许的话我也想留下!"他大声说道。埃德娜脸上的柔和线条又回来了,她笑着走上前去,把手搭在罗伯特肩上。

"这是你第一次表现得像原来那个罗伯特,我去告诉赛利斯泰因你来了。"她匆忙走开,叫赛利斯泰因多添一个座位,甚至让她去找找能否添点佳肴,她都不曾为自己考虑过加菜。她还叮咛赛利斯泰因泡咖啡、煎蛋卷翻面时都要多加留意。

她回来时,罗伯特正在翻看杂志、素描画,还有一些杂乱地摆在桌上的东西。他拿起一张照片,叫道:

"阿尔塞·阿罗宾!他的照片怎么会在这儿?"

"有天我想给他画个脸部素描,"埃德娜回答,"他觉得照片或许对我有用,那时候我还住在原来的房子里呢,我以为搬家的时候留在那边了,我一定是把它夹在画画的材料里一起带过来了。"

"我想要是你用完了的话,还是应该还给他。"

"哦!我有很多这样的照片,从没想过要还给人家,照片又不值什么。"

罗伯特继续盯着照片看。

"在我看来——你真觉得他的脸值得一画？他是蓬特利尔先生的朋友吗？你从没说过认识他。"

"他不是蓬特利尔先生的朋友；他是我的朋友。我一直都认识他——我是说，只是最近我才跟他熟悉起来。但我更想聊聊你的情况，听听你在墨西哥见到了些什么，做了些什么，感觉怎么样。"

罗伯特把照片扔到一边。

"我总是想起格兰德岛的海浪和白沙滩；切尼尔岛上芳草茂盛的安静街道；格朗德特尔岛上的旧城堡。我就像机器那样工作，觉得自己是个迷失的魂灵，一切都了无生趣。"

埃德娜用手挡着头，遮住光线。

"那你这些天里都见了些什么，做了些什么，感觉怎么样呢？"罗伯特问。

"我总是想起格兰德岛的海浪和白沙滩；切尼尔岛上芳草茂盛的安静街道；格朗德特尔岛上的旧城堡。我工作起来比机器稍微多些知觉，但仍觉得自己是个迷失的魂灵，一切都了无生趣。"

"蓬特利尔太太，你真残忍。"罗伯特激动地说着，闭上眼，把头靠在椅背上。两人沉默半晌，直到老赛利斯泰因通知开饭。

第三十四章

餐厅很小，埃德娜的红木圆桌几乎填满了整间房子。事实上，从小桌到厨房、到壁炉台、到碗橱、到那扇通往砖石铺就的狭窄院子的侧门，都只有一两步远。

宣布了开宴就让人有种仪式的感觉，让两人都有些拘谨，不再谈私事。罗伯特说起他旅居墨西哥的事情，埃德娜聊了一些罗伯特可能感兴趣的话题，都是他离开后发生的事。晚宴除了那几个埃德娜叫人出去采购的佳肴，其余都是家常菜。老赛利斯泰因扎着头巾，蹒跚地进进出出，对一切都饶有兴致；间或停下来用方言和罗伯特交谈，他还是个孩子时老赛利斯泰因就认识他。

罗伯特去附近的烟摊买卷烟纸，回来时发现赛利斯泰因已经在客厅给他准备了黑咖啡。

"或许我不该回来的,"他说,"你要是厌烦了我,叫我走就行。"

"你永远不会让我厌烦,你一定忘了我们在格兰德岛时整天待在一起,彼此都习惯了待在一块儿。"

"格兰德岛发生的一切我都没忘。"罗伯特说,没有去看埃德娜,只是卷了根烟。他放在桌上的烟袋是很好看的绣花绸缎,显然是女人手工做的。

"你以前都是把烟丝放在橡胶袋里的。"埃德娜说着拿起烟袋,仔细地看上面的针脚。

"是啊,那个烟袋被我弄丢了。"

"那这个是哪儿买的?墨西哥?"

"是韦拉克鲁斯的一个女孩送我的;那儿的女孩都很大方。"罗伯特回答,划了根火柴点燃了烟。

"我猜那些墨西哥女人一定很漂亮吧?乌溜溜的眼睛,披着蕾丝围巾,美得像画一样。"

"有些是很美;其他的就很难看,墨西哥的女人和别处的女人没两样。"

"她长什么样——那个送你烟袋的女人?你一定很熟悉她吧。"

"她没什么特别的,一点都不重要,我跟她还算熟。"

"你去过她家吗?是不是很有意思?我很想听你说说你见过的人,你对这些人的印象。"

"有些人给我留下的印象浅得就像船过水无痕。"

"她也是吗?"

"我要是承认她也是那种人的话会显得很刻薄。"他把烟袋塞回口袋,似乎想通过把引发话题的那个小东西收起来来终结话题。

阿罗宾前来转达梅里曼太太的话，说她孩子病了，因此推迟了牌局。

"你好呀，阿罗宾！"罗伯特说，从昏暗的角落里起身。

"哦！勒布伦。哎呀！我昨天听说你回来了，在墨西哥过得怎么样？"

"还不错。"

"不过还没好到把你留在那儿吧，虽然墨西哥有那么多美人。前几年我去韦拉克鲁斯时以为自己永远不会离开了。"

"她们有没有给你绣鞋、缝烟袋、做帽圈等等之类的东西呢？"埃德娜问。

"哦！天哪！没有！我跟她们还没那么熟。我估计她们给我留下的印象要比我给她们留下的深多了。"

"那你就没罗伯特那么幸运啦。"

"我一直都没罗伯特幸运，他在向你倾吐心事吗？"

"我已经打扰太久了，"罗伯特说着起身，与埃德娜握手，"写信时请替我向蓬特利尔先生问好。"

他和阿罗宾握了手就离去了。

"人不错，那个勒布伦，"罗伯特走后，阿罗宾说，"我从没听你提起过他。"

"我去年夏天在格兰德岛上认识的他，"埃德娜回答，"这是你的照片，你要吗？"

"我要它干什么？扔了吧。"

埃德娜把照片扔回桌子。

"我不打算去梅里曼太太家。"她说，"你要是见到她，就跟她说我不去了。不过我最好还是写封信给她吧。我觉得我现在就该写,说我很遗憾她孩子病了,叫她别把我算在内。"

"这主意不错,"阿罗宾默然同意,"我不怪你;那帮人太蠢了!"

埃德娜打开记事簿,拿出纸笔开始写信。阿罗宾点燃雪茄,读着从口袋里拿出的晚报。

"今天几号?"埃德娜问道。阿罗宾告诉了她。

"你走时能帮我把这个寄了吗?"

"当然可以。"阿罗宾给埃德娜读报纸上的一些新闻,而她收拾着桌子。

"你想做点什么?"阿罗宾问道,把报纸扔一边,"你想出去散步、兜风,还是别的什么呢?今晚兜风肯定不错。"

"不要;我什么都不想做,只想静一静。你自己去玩吧,别待在这儿。"

"一定要我走的话我会走;不过我可做不到自娱自乐。你知道只有在你身边时我才活得下去。"

他起身与埃德娜道晚安。

"你是不是总跟女人这么说?"

"我以前的确说过,但从没这样认真。"他笑着回答。埃德娜的眼里没有温情,只有恍惚茫然的神色。

"晚安,我爱你,睡个好觉。"阿罗宾说着吻了埃德娜的手,随即离开了。

埃德娜独自待着,恍恍惚惚,像做梦似的。她一步步回想着从罗伯特跨进赖斯小姐家门那一刻起,他们共度的每分每秒。回想着罗伯特说的话和他的神情。对于她饥渴的内心来说,那些话太少了,那些表情太贫乏了！一个画面——一个极其诱人的墨西哥女孩的画面浮现在她眼前，嫉妒之苦搅得她百转回肠。她猜测着罗伯特何时会再来，他没说过要再来，下午她和他待在一起，听到了他的声音，碰触了他的手，但在某种程度上，他远在墨西哥时似乎反而离她更近。

第三十五章

　　早上阳光明媚，充满希望。埃德娜一扫沮丧心情，只觉得眼前无尽的喜悦正等着她。她醒着躺在床上，明亮的眼里满是揣测。"他爱你，可怜的傻瓜。"要是她能把这信念坚定不移地种在脑海里，那其余还有什么要紧的呢？她感觉昨晚让自己那么意志消沉很幼稚，也很不明智。她总结了一下罗伯特态度冷淡的原因。其实那些原因并非难以逾越；要是罗伯特真的爱她就都算不了什么；那些问题根本无法阻挡她热烈的感情，而这份感情他终究会了解。她想象着罗伯特早上去上班的情景，连他的穿着都仿佛清晰可见；想象着他怎样走在街上，转过一个个街角；想象着他伏案工作，和进办公室的人交谈，去吃午饭，或许在街头等待着自己。他下午或傍晚会来找她，坐下来卷烟，聊一会儿天,然后就像昨天晚上那样离开。但能有他在这儿陪着自己该有多甜蜜!就算罗伯特还是戴着冷淡的面具,埃德娜也不会觉得遗憾,不会试图揭穿他的伪装。

埃德娜衣着随便地吃早饭,女佣给她带来一封拉乌尔寄来的涂鸦,让她很开心,信中儿子向她表达爱意,并请她给他们寄点糖果,还告诉她那天早上他们发现十只小白猪躺成一排,紧挨着利迪耶家的大白猪。

她丈夫也给她寄来封信,说他希望三月初回来,然后他们就可以准备开启那趟他对她承诺已久的出国旅行,他现在觉得完全负担得起;他觉得自己可以去旅行,因为人们就应该这样,不要去想小小的金钱代价——多亏了他最近在华尔街的投机生意。

令她吃惊的是,还有一封阿罗宾写来的便条,是午夜在俱乐部里写的。信条上给埃德娜问早安,希望她昨晚睡得好,向她保证自己对她的热爱,他也相信埃德娜会给予他微小的回报。

所有这些信都让埃德娜很开心,她兴高采烈地给孩子们回了信,答应给他们寄糖果,祝贺他们见到了新生的小猪。

她态度友善含糊地回复了丈夫的信——并非故意要误导他,只是因为一切现实的思虑都从她的生活中消失了;她把自己丢给命运,漠不关心地等待着结果。

对于阿罗宾的便条,她没回复,把它放在赛利斯泰因的炉盖下。

埃德娜精神百倍地画了几小时画,除了一名画商外谁也没见,那人问她是否真的要出国去巴黎学画。

她说或许会去,那画商便和她商量,希望她能赶在十二月圣诞的交易旺季之前寄些巴黎的素描给他。

罗伯特那天没来,埃德娜深感失望。第二天罗伯特还是没来,第三天依旧如此。每天早上埃德娜都从希望中醒来,可每晚都意志消沉,饱受折磨。她忍不住想找他出来,然而她非但没有屈从于这种冲动,反而刻意避免任何可能与他偶遇的场合。如果罗伯特还在墨西哥的话,她说不定会去赖斯小姐家坐坐,或者从勒布伦太太家经过,但现在她都特意规避了。

一天晚上,阿罗宾恳求她一起去骑马,她答应了——两人来到湖边,沿着贝壳路①策马扬鞭。阿罗宾的马浑身是劲,甚至有些不受控制。埃德娜喜欢马匹飞驰的速度,也喜欢马蹄在坚硬的路面上发出的短促响亮的哒哒声。他们没有停下来吃喝,阿罗宾也没有鲁莽地提出这种建议,不过当他们回到埃德娜家的小餐厅时,还是一道吃了点东西——那时天色还相当早。

阿罗宾道别时天色已晚,现在他来看望埃德娜、和她作伴不再只是一时兴起。阿罗宾察觉到了埃德娜沉睡的欲念,灵敏地嗅到了她的生理需求,发觉她的欲望长成了一枝含苞待放的、狂热、敏感的花。

那晚她入睡时不再意志消沉;第二天早上醒来时也没有满怀希望。

---

① 贝壳路:新奥尔良街道。

第三十六章

新奥尔良郊外有个花园；那是一个绿树成荫的小角落，橘子树下放着几张绿桌子。一只老猫整日在阳光下的石阶上打盹，敞开的窗户旁，一位黑白混血的老妇人靠在椅子里睡觉，以此打发闲暇时间，直到有人不经意碰到了绿色桌子，发出了响动，她才醒来。她卖牛奶、奶油芝士、面包和牛油。没有人能像她一样煮出这么美味的咖啡，炸出如此金黄的鸡肉。

这地方太过朴实，上流社会的人们不会注意，同时又太过安静，想要寻欢作乐的人们也往往会忽视。埃德娜某天偶然发现了这个地方，那天花园的高板大门半开着。她瞥到了一张小小的绿色桌子，明暗交错的光线透过上方簌簌的枝叶在桌上洒下光斑。她在里面发现了睡着的老妇人、慵懒的猫,还有一杯牛奶,尝起来像之前在伊贝维尔喝过的牛奶一样。

埃德娜散步时经常在那儿流连;有时花园没人,她就带本书,坐在树下看一两小时。有一两次她出门前就吩咐赛利斯泰因不用准备晚餐了,然后一个人在小花园里安静地吃晚饭。这儿是这座城市里她最不可能遇到熟人的地方。

尽管如此,埃德娜那天傍晚看见罗伯特穿过花园高大的门进来时,还是一点都不吃惊,当时她正在用简餐,读着一本翻开的书,抚摸着已经和她成了朋友的小猫。

"我注定只能与你偶遇。"埃德娜说着,把猫从身边的椅子上推下去。罗伯特很吃惊,显得局促不安,几乎对这样意外地撞见她尴尬不已。

"你常来这儿吗?"他问。

"我差不多就住这儿。"她说。

"我以前经常会来喝一杯卡提什家的好咖啡。这是我回来后第一次来。"

"她会给你个盘子,你可以分享我的晚饭,晚饭总是够两个人——甚至三个人吃的。"埃德娜本打算再见到罗伯特时,要和他一样冷漠矜持;有一天她万分沮丧,经过艰难的思量后才决定这么做。但当罗伯特被冥冥中的天意引领到她面前时,她的决心又软化了。

"罗伯特,你为何一直躲着我?"埃德娜问道,合上了桌上摊开的书。

"蓬特利尔太太,你为何要问这么私人的问题?你为何要逼我说一些愚蠢的借口呢?"他突然激动地大喊,"我要是说我最近非常忙,或者说我病了,又或是我去找过你但你不在家,我猜说了这些也没用。随便你要哪一种说法,放过我吧。"

"你简直自私得无可救药,"她说,"你倒是省事了——我不知道你省下了什么事——但这的确是自私的动机,你倒很省事,却从来没有一刻考虑过我的想法,想想我被你这样冷漠忽视会作何感受。我猜你会说我这样没有女人味;但我已经习惯了把我的感受说出来。你要认为我没有女人味我也不在乎。"

"不会;我只会觉得你很残忍,就像那天我说的那样。也许你不是有意这么残忍;但你似乎在逼我揭露一些毫无结果的事;好像就是为了看伤口的愉悦而要我受伤,却无意也无力为我治疗。"

"我正在破坏你用餐的兴致,罗伯特;不要介意我说的话,你一口都还没吃。"

"我进来只是为了喝杯咖啡。"他那张敏感的脸因激动而扭曲。

"这儿不是挺愉快的?"她说,"我真开心这儿没有真正被开发过,这么安静,这么美好。你注意到没?这里几乎听不到任何声响。离大道这么远;从车上下来都要走好长一段路。不过,我一点也不介意走这一段。我总会为那些不喜欢走路的女人感到遗憾;她们错过太多东西了——太多一窥生命的难得机会;而且总的来说,我们女人对生命所知道的又那么少。

"卡提什家的咖啡总是热的,我不知道在这样的露天环境下她是怎么做到的。赛利斯泰因做的咖啡从厨房拿到餐厅就变冷了。三块糖!这么甜你怎么喝得下去?吃点西芹吧,很辣也很脆。这儿还有一个好处,可以边喝咖啡边抽烟。现在在城市里——你不想抽烟吗?"

"过一会儿吧。"罗伯特说着,把一根雪茄放在桌上。

"谁给你这个的？"埃德娜笑起来。

"我自己买的。我想我变得太草率了，我买了整整一盒。"埃德娜决定不再问私人问题，以免让罗伯特不舒服。

小猫和罗伯特混熟了，趁他抽烟时爬上了他的膝盖。他抚摸着它丝绸般的毛，聊了些关于猫的话题。他看了看埃德娜的书，那本书他已读过；他直接把书的结局透露给了埃德娜，说是可以省去她阅读的力气。

他又一次陪她回家；黄昏后他们才到达小小的"鸽笼"。埃德娜没让罗伯特留下，他也很感激，因为这样他就不用胡乱编个推脱的借口，他想不出来，也让他很不舒服。他帮埃德娜点亮了灯；埃德娜进房去摘下帽子，梳洗了一下。

她回来时，罗伯特没像上次那样翻开看画作和杂志；他坐在阴影中，把头靠在椅背上，像是沉浸在幻想中。埃德娜在桌边逗留了一阵，整理桌上的书。然后她穿过房间来到罗伯特坐着的地方，她在椅子扶手上俯下身来叫他的名字。

"罗伯特，"她说，"你睡着了？"

"没有。"他回答，抬头看着她。

她倾身过去吻住他——柔软、克制、精致的一个吻，那撩人的气息穿透过他整个身体——然后她放开他。他随之前倾，把她抱在怀里，拥得紧紧的。她一只手摸着他的脸庞，把他的脸颊贴在自己脸上。动作充满爱与温柔。罗伯特又一次寻找她的嘴唇。他把她拉到身边的沙发上，握着她的双手。

"现在你懂了吧，"他说，"你知道自去年夏天格兰德岛上开始，我一直在对抗着什么了吧；它把我赶走，又将我拉回。"

"你为什么要对抗它呢?"她问道,脸上泛起柔和的光。

"为什么?因为你并非自由之身;你是莱昂斯·蓬特利尔的妻子。但即使如此,我还是情不自禁爱着你;但只要我离开你,远离你,我就可以克制自己不向你表白我的心意。"

埃德娜把另一只手搭在罗伯特的肩上,然后靠着他的脸颊轻柔地摩擦。他再次吻了她,他的脸庞温暖,面色潮红。

"在墨西哥时,我无时无刻不在想着你,渴望着你。"

"可你却没给我写信。"她打断他。

"我的脑子告诉我,你是在乎我的;我就失去了理智。我什么都不记得了,但却疯狂地梦想你某一天能成为我的妻子。"

"你的妻子!"

"如果你在乎我的话,宗教、忠诚,什么都可以为此让步。"

"那你一定忘了我是莱昂斯·蓬特利尔的妻子。"

"哦!我那时精神错乱,想入非非,做着不切实际的梦,想起那些放妻子自由的男人,我们听说过那种事。"

"是啊,我们听说过那种事。"

"我带着模糊而疯狂的想法回来,可当我回到这儿——"

"你回到这儿后从未靠近过我!"她仍在抚摸他的脸颊。

"我意识到自己竟然梦想着这种事,真是太卑劣了,就算你愿意也一样。"

她双手摸着他的脸庞,盯着他看,似乎永远都不会把目光移开一秒。她亲吻了他的前额、眼睛、脸颊、嘴唇。

"你真傻,真是傻透了,浪费时间白日做梦地说什么蓬特利尔先生会让我自由!我不再是属于蓬特利尔先生的财产,任由他处置了。

我只认准自己的选择。如果他说，'嘿，罗伯特，给你啦，开心点，她是你的了。'我会笑话你们俩的。"

罗伯特的脸色变白了。"你什么意思？"他问。

有人敲门。老赛利斯泰因进来说拉蒂诺尔太太的佣人从后街过来，带来消息说太太临盆在即，恳求蓬特利尔太太立马去见她。

"好的，好的，"埃德娜说着起身，"我保证过的。跟她说——等着我。我和她一块走。"

"我陪你一块去吧。"罗伯特提议。

"不用，"埃德娜说，"我和佣人一块去。"她进屋戴上帽子，回来时再次坐在罗伯特旁边的沙发上。他还在那里，一动没动，她抬起双臂搂住他的脖子。

"再见，我亲爱的罗伯特，跟我说再见。"罗伯特带着前所未有的热情亲吻了她，将她紧紧抱在怀里。

"我爱你，"她小声说道，"只爱你；我只爱你一人。是你在去年夏天把我从一场永恒愚蠢的梦中唤醒。哦！你的冷淡伤透了我的心。哦！我苦苦煎熬！苦苦煎熬！现在你在这儿，我们就该相爱，我亲爱的罗伯特。我们应该是彼此的全部，世上其余任何事都无关紧要。我必须去朋友那儿了；但你会等我的吧？不管多晚；你都会等我的吧，罗伯特？"

"别走；别走！哦！埃德娜，留下来陪我，"他恳求道，"你为何要走？留下来陪我，留下来吧。"

"我会尽早回来的；回来找你。"她把头埋进他的颈窝，再次道别。她诱人的声音，以及他对她强烈的爱，深深地迷住了他，让他满心都是抱着她留住她的冲动。

第三十七章

埃德娜往药店里看去，拉蒂诺尔先生正在亲自配药，他很小心地把一种红色液体滴到一支细小的玻璃瓶内。他很感激埃德娜的到来；她的出现对他妻子来说是个慰藉。以前，拉蒂诺尔太太的姐姐总会陪伴她度过这难挨的时刻，但这次却没法从种植园赶过来，阿黛尔因此变得悲痛沮丧，直到蓬特利尔太太好心地保证说会来看她才心安。上周看护一直住在拉蒂诺尔家，因为她住得很远。芒代勒医生整个下午一直在来来去去，而他们也随时都在等着医生。

埃德娜从药店后门的楼梯快步跑上楼。孩子们都在里屋睡觉。拉蒂诺尔太太在客厅里不耐烦地等待着，饱受煎熬。她坐在沙发上，穿着宽松的白色睡衣，手里紧张地攥着一块手帕。她形容枯槁，痛苦地皱着脸，美丽的蓝色眼睛此时显得又憔悴又不自然。一头秀丽长发都梳到后面编成辫,长长的辫子拖到沙发靠背上,像条金蛇般卷曲着。混血看护①看上去很可亲,她穿着白色围裙,戴着帽子,正在催促拉蒂诺尔太太回卧室。

"根本没用,根本没用,"她立刻对埃德娜说道,"我们一定要赶走芒代勒;他太老了,粗心大意。他说他七点半会来这;现在肯定八点了。去看看几点了,约瑟芬。"

看护天性开朗乐观,不会把任何情况太当真,尤其是这种她再熟悉不过的情况。她告诉拉蒂诺尔太太要有勇气和耐心。但拉蒂诺尔太太只一味地紧咬着下唇,埃德娜看见她洁白的前额上冒出了豆大的汗珠。过了一阵,她发出了一声长叹,用揉成团的手帕擦了擦脸。她看起来精疲力竭。看护给了她一块新手帕,上面喷了些古龙水。

"我受够了!"她大叫道,"芒代勒真该死!阿方斯在哪里?我是不是就要像这样被丢在这儿——没人管了?"

"没人管?真是的!"看护大喊。她不就在这儿吗?还有蓬特利尔太太,不是毫无疑问地也放弃了待在家里的愉快夜晚跑过来陪她?拉蒂诺尔先生不也正穿过大堂跑过来吗?约瑟芬也很肯定她听到了芒代勒医生的马车到来的声音。是啊,车子来了,就在楼下门口。

阿黛尔答应回房,坐在床边一张矮沙发边上。

芒代勒医生没理会拉蒂诺尔太太的谴责,他太熟悉这种时候的抱怨了,心里也非常清楚她很信赖他。

医生很高兴看到埃德娜,想让她陪他去客厅聊聊天。可拉蒂诺尔太太不让埃德娜离开她片刻。在阵痛的间隙,她们说了一会儿话,太

---

① 混血看护:有四分之三黑人血统的黑白混血女人。

太说聊天转移了她的注意力,让她没那么痛苦了。

埃德娜开始觉得不安,被一种模糊的恐惧攫住,她自己分娩的经历似乎很遥远、不真实,她只能记得一半。她隐约记起一阵无法抑制的痛苦,麻醉剂氯仿的浓重味道,缓解痛苦的一阵昏迷,清醒过来时发现自己诞下了一个新生命,给这无以计数、来来去去的人间又多添了一分子。

她反倒希望自己没来;她并没有出现的必要。她原本可以编个不在家的借口;甚至可以编个现在就要告辞的借口。但埃德娜没有离开。带着精神上的痛苦,带着对自然之道猛烈而坦率的反抗,埃德娜见证了拉蒂诺尔太太饱受折磨的场景。

后来埃德娜靠过去和拉蒂诺尔太太吻别,轻声对她说再见时,仍然因为激动和震惊而说不出话来。阿黛尔抚着她的脸颊,用疲倦的声音低语道:"埃德娜,想想孩子们。哦,想想孩子们!想想他们!"

第三十八章

埃德娜出门后还觉得眩晕。医生的马车回来接他,停在车道前。她不想上车,跟芒代勒医生说她想走回去;她不害怕,要一个人走。医生吩咐车夫在蓬特利尔太太家等着,自己则陪埃德娜步行回家。

高空中繁星点点,越过高楼之间的狭窄街道闪耀着。和风轻拂,带着春天夜晚的少许凉意。两人缓步走在路上,医生迈着沉重而有规律的步伐,两手背在身后;而埃德娜则走得漫不经心,就像某天晚上在格兰德岛上散步时那样,仿佛她的思绪飘得很远,而她正努力追赶。

"你不该过去的,蓬特利尔太太,"医生说,"那不是你该去的地方,每逢这种时候,阿黛尔总是满脑子胡思乱想。她大可找其他成打的冷血女人去陪她。我觉得要是你在场真是太残忍了,真残忍。你不该去的。"

"哦,好吧!"她漫不经心地答道,"反正我也不觉得有什么要紧,人迟早都要想想孩子;越早越好。"

"莱昂斯什么时候回来?"

"快了,三月份吧。"

"你们要出国吗?"

"或许吧——不,我不会去。我不会被逼迫着做什么事,我不想出国,我想一个人待着。没人有权利——或许除了孩子吧——就算是孩子,对我来说——或者说事情就是如此——"她发觉自己语无伦次地想要倾诉自己混乱的思绪,便立马停下了。

"问题是,"医生叹了口气,凭直觉理解了她的大概意思,"青春充满了幻想,这可以说是自然的法则;是一种为了保障母亲繁衍后代的诱骗手段。而自然从不考虑道德后果,不考虑我们创造出的、不得不不计代价维持的专横的现实。"

"是啊,"埃德娜说,"过去的日子像做梦一样——但愿可以沉睡不醒——但醒来后却发现——哦!天哪!不过或许最好还是醒来,即使要受罪,也好过一辈子被幻觉玩弄。"

"亲爱的孩子,在我看来,"医生和她分别时握着她的手说,"在我看来,你遇到麻烦了。我不打算问你的秘密,我只想说,如果你想把你的秘密告诉我,或许我可以帮到你。我知道我能理解你。我跟你说没几个人会理解的——没几个人,亲爱的。"

"不知道为什么,我不想把困扰我的事说出来,不要以为我不感恩,或者觉得我不感激你的慰问。我有时候会感到一阵阵的情绪低沉，内心饱受煎熬，但我只想用自己的方式解决。当然，这要求很多，你得无视别人的生命、真心、偏见——但无论如何——尽管如此，我不该想要牺牲那两个小生命。哦！我不知道自己在说什么，医生。晚安吧，别怪我。"

"你要是不尽快来见我的话，我可要怪你。我们可以聊一些你以前做梦都想不到的东西，这对我们俩都有好处。不管未来如何，我不希望你责怪自己。晚安吧，我的孩子。"

她打开大门走进院子，但没有进屋，而是坐在门廊的台阶处。夜晚静谧宜人，过去几小时内经历的撕裂般的痛苦仿佛消失了，就像一件沉重而不舒服的外衣一样，只有解开扣子脱下来才能解脱。她恍若回到了阿黛尔遣人叫她过去之前的那个时刻；一想到罗伯特说的话，他的手臂环抱着她的感觉，还有他的嘴唇印在她嘴唇上的感觉，埃德娜的感官又被重新点燃。那时她觉得世上最大的幸福莫过于拥有所爱之人。罗伯特的示爱已经在某种程度上把自己交给了埃德娜。埃德娜一想到他就近在咫尺，等着自己回来，就被期待陶醉得全身发麻。夜已深了；罗伯特或许已经睡了。她会用亲吻来唤醒他。她希望罗伯特已经睡了，这样自己便可用爱抚让他醒来。

不过，她还是想到了阿黛尔低语的声音："想想孩子们；想想他们。"她是打算为他们着想；那决心像致命伤一般直刺进她的灵魂——但不是今晚。明天再把一切都想清楚吧。

罗伯特不在小门廊里等她，也不在她触手可及的任何地方，房子空无一人，他留下了一张潦草的字条，放在灯下：

"我爱你。再见——因为我爱你。"

埃德娜读到字条时感到一阵晕眩,她走过去坐在沙发上,舒展开身子,没有发出一点声音。她没睡,也没去床上,油灯发出噼啪声,熄灭了。直至第二天早上赛利斯泰因打开厨房门进来点火时,她还醒着。

第三十九章

维克多拿着锤子钉子和碎木料，正在修理一条走廊的一角。玛丽琪塔坐在附近，晃着腿看他干活，从工具箱里拿钉子给他。阳光直射着两人。女孩把围裙折成方块遮在头上。两人已经聊了一个多小时了，玛丽琪塔听维克多描述蓬特利尔太太举办的晚宴，从不觉得厌烦。维克多夸大了每个细节，使那场晚宴听起来就是一场名副其实的奢华盛宴。他说，花都是一盆一盆的，香槟倒在巨大的金色高脚杯里，让人大口痛饮。而蓬特利尔太太比从泡沫中升起的维纳斯女神还要让人神魂颠倒，头上的钻石更增添了她的美丽，让她红光满面，晚宴上的其余女士都像漂亮的仙女一样，魅力无以复加。玛丽琪塔感觉维克多爱上了蓬特利尔太太，而维克多却含糊其辞，以至于让玛丽琪塔更确信了自己的想法。她闷闷不乐，还哭了一会，威胁说要离他而去，让他去找那些漂亮女人。切尼尔岛上有大把男人为她疯狂；既然现在流行爱上结了婚的人，哎呀，她随时都可以和塞莉纳的丈夫私奔到新奥尔良。

塞莉纳的丈夫是个白痴、懦夫，就是一头猪，为了向她证明这点，维克多打算下次见面时，把他的头打成肉酱。这句话给了玛丽琪塔很大安慰，她擦干眼泪，开心地期待着。

两人仍在谈论着晚宴以及城市生活的种种诱惑，而蓬特利尔太太就在此时溜进了房子的一角。眼前这个幽灵般突然出现的人让两个年轻人目瞪口呆，但这确确实实就是活生生的埃德娜本人，她看起来有点疲倦，一副风尘仆仆的样子。

"我从码头那边走上来，"她说，"听到了锤子声。我猜就是你在修理走廊。这是好事，去年夏天我总是被松动的地板绊倒。这儿的一切看起来都这么沉闷荒芜！"

维克多花了好久才理解了埃德娜是坐比尔德莱特的帆船过来的，她一个人来这儿，不为别的，只是来休息一下。

"你看，什么都还没修好呢。你住我的房间吧；只有那里可以住。"

"随便哪个角落都可以。"她跟他保证。

"你还得能忍受菲洛梅的厨艺，"维克多继续说，"不过你在这儿的话，我或许可以试试把她母亲叫来，你说她会来吗？"他转向玛丽琪塔。

玛丽琪塔觉得菲洛梅的母亲没准儿可以过来几天，他们付得起钱。

见到蓬特利尔太太出现,女孩立刻猜测这是一对情侣的约会。但维克多吃惊的样子又是那么真实,蓬特利尔太太的冷漠态度也很明显,因此这令人不安的想法并没有在她脑袋里停留很久。她兴致勃勃地观察着这位举办了全美国最奢侈的晚宴、又让全新奥尔良所有男人都拜倒在裙下的女人。

"你们什么时候吃晚饭?"埃德娜问,"我很饿,又没什么可以吃的。"

"要不了多久我就能把晚饭弄好,"维克多说着,匆匆拾掇起工具,"你可以到我房间里整理休息一下。玛丽琪塔会给你带路。"

"谢谢,"埃德娜说,"不过我打算晚饭前去海边好好洗洗,甚至游会儿泳,你看怎么样?"

"水太凉了!"两人同时叫起来,"想都别想。"

"好吧,那我就下去试试看——把脚趾浸在里面。哎呀,在我看来,阳光这么好,肯定连海底最深处都被晒热了。你们能给我拿几条毛巾吗?我最好现在就去,好能及时赶回来。如果等到下午的话就会有点冷了。"

玛丽琪塔跑到维克多的房间,拿了几条毛巾回来,递给埃德娜。

"希望晚饭有鱼,"埃德娜说着,起身离去,"不过如果没鱼的话也不用准备什么别的了。"

"快跑去把菲洛梅的母亲叫来,"维克多吩咐女孩,"我去厨房看看能做点什么。天哪!女人真是欠考虑!她明明可以先给我捎个信的。"

埃德娜机械地走到海滩,除了太阳光很热之外,没注意到什么特别的。她此时什么也没想,罗伯特走后她就醒着躺在沙发上想完了所有该想的事，一直想到天亮。

她一遍遍地对自己说："今天是阿罗宾；明天也许会是其他人。对我来说没什么分别，莱昂斯·蓬特利尔也与我无关——但是还有拉乌尔和艾蒂安！"她现在彻底明白了很久之前她对阿黛尔·拉蒂诺尔所说的话，说她可以为了孩子舍弃一切不重要的东西，但永远不会舍弃自我。

失眠的夜里，她意志消沉，无法振作，世界上没有一件东西是她想要的，除了罗伯特外没有一个人她想亲近；她甚至意识到，某一天，罗伯特，还有和他有关的思绪，都会消逝在她的存在之外，只留下她一人。她眼前浮现出孩子们的样子，他们就像制服了她的对手，企图把她拉过来，让她后半生成为灵魂的奴隶。但她知道一个躲避孩子的办法。她走向海滩时还没有想到这些。

海湾的水在她面前延伸开来，映射着太阳洒下的千百万束光线。海浪声引诱着她，无休无止，它低语着、喧嚣着、呢喃着，邀请灵魂在孤寂的深海里漫游。白色海滩远远近近，目之所及一个活物也没有。断翼的鸟儿正与上方的空气斗争，旋转、颤动、伤残的它打着旋坠落下来，坠向海面。

埃德娜发现她的旧泳衣仍挂在那根熟悉的木钉上，已经褪了色。

她穿上泳衣，把衣服留在更衣室里。可当她站在海边，孑然一身时，她把既不舒服又扎人的泳衣也脱了下来，有生以来第一次在户外赤身裸体，任凭阳光照耀着她，微风吹拂着她，海浪邀请着她。

赤裸地站在蓝天下感觉多么奇怪而可怕！但又多么美妙！她感觉自己像是新生的生命，在这个自己从未了解过的陌生而又熟悉的世界里睁开了眼睛。

海浪带着泡沫卷上她雪白的双脚，像一条条蛇围绕在她的脚踝。她向水中跨出一步，水很凉，但她继续向前走。水很深，但她提起身子，伸展着做了一次长而彻底的划水动作。感受着大海柔软而紧密地拥抱着她的身体。

她继续向前游啊游。她记起游得很远的那个晚上，想起了当时害怕不能游回海岸的恐惧。她现在没有回头，继续向前游着，想到了自己还是孩子时穿过的那片蓝草地，她当时相信草地没有起点，也没有终点。

她的手臂和腿脚变得疲倦。

她想到了莱昂斯和孩子们。他们是她生活的一部分，但却不能占有她，无论是身体还是灵魂。赖斯小姐要是知道的话，会怎样笑话她，甚至嘲弄她啊！"你还自诩为画家！多么自命不凡啊，太太！画家必须有勇于挑战和反抗的灵魂。"

疲倦压得她越来越重，她已经精疲力竭了。

"再见——因为我爱你。"他并不知道；他不明白。他永远不会明白。她若去见芒代勒医生，他或许会明白——但一切都太晚了；海岸在她身后很远的地方，她的力气也已耗光。

她眺望远方，过去的那种恐惧瞬间爆发出来，然后又沉入心底。埃德娜听到了她父亲和姐姐玛格丽特的声音。听到了拴在无花果树上的那条老狗的吠声。听到了骑兵军官穿过走廊时咔嗒咔嗒的脚步声。还有蜜蜂的嗡嗡声，以及散发在空气中的石竹花香。

图书在版编目(CIP)数据

觉醒 /（美）凯特·肖邦著；王骁双，张爽，戴婧译. — 武汉：华中科技大学出版社，2025.2
ISBN 978-7-5772-0357-7

Ⅰ.①觉… Ⅱ.①凯… ②王… ③张… ④戴… Ⅲ.①长篇小说-美国-现代 Ⅳ.①I712.45

中国国家版本馆CIP数据核字(2024)第092167号

觉醒
Juexing

（美）凯特·肖邦 著
王骁双 张爽 戴婧 译

策划编辑：饶　静
责任编辑：孙　念
封面设计：琥珀视觉
责任校对：阮　敏
责任监印：朱　玢

出版发行：华中科技大学出版社（中国·武汉）　电话：(027)81321913
　　　　　武汉市东湖新技术开发区华工科技园　邮编：430223

录　　排：孙雅丽
印　　刷：湖北新华印务有限公司
开　　本：880mm×1230mm　1/32
印　　张：6.625
字　　数：153千字
版　　次：2025年2月第1版第1次印刷
定　　价：59.00元

本书若有印装质量问题，请向出版社营销中心调换
全国免费服务热线：400-6679-118　竭诚为您服务
版权所有　侵权必究